Die Autorin:

Dörthe Binkert, geboren 1949 in Hagen, studierte Germanistik, Politologie und Kunstgeschichte und lebt seit 1974 als freie Schriftstellerin in Zürich. Nach langjähriger Tätigkeit als Cheflektorin in einem großen Verlagshaus, arbeitet sie heute als freie Beraterin. Nach zahlreichen Sachbüchern zum Thema Frauen ist »Die Weihnachtsrose« ihr erster Roman.

Dörthe Binkert

Die Weihnachtsrose

Eine Weihnachtsgeschichte

Ehrenwirth

und lief nach Hause. Maltes aßen dann zu Abend. Peters Mutter hatte den Tisch schon gedeckt, das konnte Marisa sehen; sie sah nämlich vom Fenster des Kinderzimmers aus direkt auf Maltes Küchentisch. Es gab Cordon bleu. Bei Marisa gab es nie Cordon bleu. Das war ein teures Essen. Peters Vater gab Peters Mutter einen Kuss.

Marisa stellte sich vor, wie ihr Vater ihrer Mutter einen Kuss gab. Erinnern konnte sie sich daran nicht. Aber als sie noch ganz klein war, waren ihre Eltern zusammen gewesen, das wusste sie. Sie waren eine Familie gewesen genau wie Peters Familie.

Aber wenn Marisa sich vorzustellen versuchte, wie ihre Eltern sie damals zärtlich in die Arme genommen hatten, war es, als ob sie in ein leeres, dunkles Zimmer hineinsah.

Bald war Weihnachten. Sie würde es noch einmal mit dem Christkind versuchen, obwohl sie nicht viel Hoffnung hatte, dass es ihre Wünsche hörte oder die Zettel bekam, die sie ihm schrieb. Liebes Christkind, dachte Marisa, bring mir zu Weihnachten bitte meinen Papa wieder. Marisa war schon fast sechs, und sie wusste, dass der Papa nicht wiederkommen würde. Irene, ihre Cousine, die schon elf war, sagte immer: »Der kommt nicht mehr, da kannst du lange warten. Deine Eltern sind geschieden.« Irene wusste viel mehr als Marisa.

Trotzdem, vielleicht lohnte der Versuch ja doch.

Liebes Christkind: Wenn du den Papa bringst, brauchst du kein anderes Geschenk zu bringen. Du darfst den Kü-

Dörthe Binkert

Die Weihnachtsrose

Eine Weihnachtsgeschichte

Ehrenwirth

Ehrenwirth in der Verlagsgruppe Lübbe

Originalausgabe

Lektorat: Daniela Bentele-Hendricks
Einbandgestaltung: © Christina Krutz Design, Riedlhütte
unter Verwendung eines Fotos von
© John Foxx Images
Satz: Bosbach Kommunikation & Design GmbH, Köln
Gesetzt aus der Adobe Caslon
Druck und Einband: Friedrich Pustet, Regensburg

Printed in Germany
ISBN 3-431-03638-4

5 4 3 2 1

Sie finden uns im Internet unter:
www.luebbe.de

Es schneit!«, riefen die Kinder auf der Straße.

»Es schneit!«, rief auch das kleine Mädchen, das mit seiner Puppe im Arm am Fenster stand und den Schneeflocken zusah, die vor dem blassgelben Licht der Straßenlaterne einen lautlosen Tanz aufführten, schwebten, taumelten und schließlich am Boden liegen blieben, als seien sie es müde, sich zu drehen und immer weiter zu drehen.

»Bestimmt ist ihnen schwindlig«, sagte das Mädchen zu seiner Puppe in dem roten Samtkleid, das nicht mehr ganz so festlich aussah wie letztes Weihnachten unter dem Baum, nachdem Marisa es gewaschen hatte.

Marisa war erkältet und hatte einen kratzigen Wollschal um den Hals, und weil sie erkältet war, durfte sie heute nicht auf die Straße hinaus. »Guck mal, da kommt Peters Papa nach Hause«, sagte Marisa zur Puppe, die darauf auch nichts zu sagen hatte. Peters Vater kam die Straße herauf, winkte zu den spielenden Kindern hinüber, und Peter lief auf ihn zu und ging mit ihm in das gegenüberliegende Haus.

Peter war Marisas Freund und liebster Spielgefährte, aber wenn sein Vater heimkam, hörte er mitten im Spielen auf und lief nach Hause. Maltes aßen dann zu Abend. Peters Mutter hatte den Tisch schon gedeckt, das konnte Marisa sehen; sie sah nämlich vom Fenster des Kinderzimmers aus direkt auf Maltes Küchentisch. Es gab Cordon bleu. Bei Marisa gab es nie Cordon bleu. Das war ein teures Essen. Peters Vater gab Peters Mutter einen Kuss.

Marisa stellte sich vor, wie ihr Vater ihrer Mutter einen Kuss gab. Erinnern konnte sie sich daran nicht. Aber als sie noch ganz klein war, waren ihre Eltern zusammen gewesen, das wusste sie. Sie waren eine Familie gewesen genau wie Peters Familie.

Aber wenn Marisa sich vorzustellen versuchte, wie ihre Eltern sie damals zärtlich in die Arme genommen hatten, war es, als ob sie in ein leeres, dunkles Zimmer hineinsah.

Bald war Weihnachten. Sie würde es noch einmal mit dem Christkind versuchen, obwohl sie nicht viel Hoffnung hatte, dass es ihre Wünsche hörte oder die Zettel bekam, die sie ihm schrieb. Liebes Christkind, dachte Marisa, bring mir zu Weihnachten bitte meinen Papa wieder. Marisa war schon fast sechs, und sie wusste, dass der Papa nicht wiederkommen würde. Irene, ihre Cousine, die schon elf war, sagte immer: »Der kommt nicht mehr, da kannst du lange warten. Deine Eltern sind geschieden.« Irene wusste viel mehr als Marisa.

Trotzdem, vielleicht lohnte der Versuch ja doch.

Liebes Christkind: Wenn du den Papa bringst, brauchst du kein anderes Geschenk zu bringen. Du darfst den Küchenherd, den ich mir für die Puppenstube gewünscht habe, für dich behalten.

Oder nein, lieber so: Liebes Christkind, wenn du den Papa bringst, gebe ich dir dafür meine Puppe und du brauchst mir auch den Kochherd nicht zu schenken.

Ob das Christkind sie überhaupt hörte? Die anderen hörten es ja auch nicht. Keiner hörte es, die Mutti nicht und nicht die Großmutter, die Tante und der Onkel nicht. Nur Irene, die Cousine, die wusste, was Marisa sich wünschte. »Das kannst du vergessen«, sagte sie.

Gedankenverloren starrte Marisa aus dem Fenster. Sie sah die Familie beim Abendessen, sah, wie sie miteinander lachten und scherzten im warmen Schein der Lampe über dem Tisch, und dachte daran, was Irene neulich zu ihr gesagt hatte: »Du kriegst jetzt einen neuen Papa, von dem kriegt deine Mutter ein Kind. Zu dem musst du dann Papa sagen.«

»Nie«, hatte Marisa gesagt, »nie.«

Marisa machte das Fenster auf und fing ein paar Schneeflocken, die auf ihren Handflächen schmolzen. Es sah aus, als hätten ihre Hände geweint. Aber es war Marisa, die weinte.

Weihnachten kam rasch näher. Marisas Mutter hatte einen mächtigen Bauch. Aber niemand schien sich zu freuen. Die Mutter nicht, die Oma nicht, die Tante nicht. Marisa dachte an das Geschwisterchen. Wo es wohl sein Bett haben würde? Platz gab es eigentlich keinen, aber sie würden schon zusammenrücken. Es war schließlich ein richtiges Christkind. Es könnte in der Ritze zwischen ihr und Irene schlafen, im Kinderdoppelbett. Sie würde auf das Kind schon aufpassen tagsüber, wenn die Mutti arbeiten war. Und wenn sie im nächsten Jahr in die Schule ginge, würde die Omi so lange aufpassen, bis sie, Marisa, nach Hause käme.

Irene sagte: »Das Kind hat doch einen Papa. Auf das brauchst du nicht aufzupassen. Der Papa heißt Rudi. Der ist ein Chef. Der Chef von deiner Mutter. Der hat ganz viel zu sagen. Auch über das neue Baby und über dich.«

Zu Nikolaus lernte Marisa den neuen Papa kennen. Bei der Nikolausfeier der Firma, wo die Mutter arbeitete. Jedes Kind bekam vom Nikolaus in Hensels Felsenkeller eine Tüte mit Gebäck, Äpfeln und Nüssen. Marisa sollte ein Gedicht aufsagen, aber plötzlich dachte sie nur noch an ihren Papa, der jetzt in einer anderen Stadt lebte, und vergaß alles. Der neue Papa sagte: »Ist doch nicht schlimm, dass du das Gedicht nicht mehr weißt. Iss ein Plätzchen.«

Marisa aß ein Plätzchen. Es war wie ein Haufen Sand in ihrem Mund und wollte und wollte nicht hinunterrutschen. Später wurde ihr übel.

Sie übergab sich wieder und wieder. Sie konnte gar nicht mehr aufhören zu erbrechen. »Du hast ja Fieber«, sagte ihre Mutter.

Marisa lag im Bett. Die Puppe, die im Nachttischchen wohnte, blickte trübselig vor sich hin. Marisa träumte. Ihr Vater saß an ihrem Bett. Sein Gesicht war verschwommen. Sie wusste gar nicht mehr richtig, wie er aussah. Er saß da und hielt ihre Hand. Wenn die Omi hereinkam und nach ihr sah, verschwand er. »Du musst Tee trinken«, sagte die Großmutter. »Dann wird schon alles wieder gut.«

Marisa hatte eine Idee. Sie wollte der Mutter ein Geschenk machen. Ein kostbares Geschenk, zur Geburt des Babys. Denn sie würde zwar wohl nicht den Papa, dafür aber das Geschwisterchen zu Weihnachten bekommen. Manchmal bekamen sie ein paar Pfennige von Peters Mutter, wenn sie zum Spielen auf die Straße gingen. »Kauft euch Lakritz oder einen Lutscher«, sagte Frau Malte und strich Peter und ihr flüchtig über das Haar. Marisa steckte das Geld von jetzt an unter ihr Kopfkissen: Das war für das Geschenk.

Und dann war es so weit: Marisas Mutter musste ins Krankenhaus. Das Baby war unterwegs. Die Tante gab Irene und Marisa ein paar Münzen. Im Kino Harmonie zeigten sie einen Dick-und-Doof-Film, den durften sie ansehen! Neben dem Kino war ein Kiosk. Marisa blieb vor der Auslage stehen. Und da sah sie es: das Geschenk. In einem Cellophantütchen baumelte er von der Decke des Kiosks – ein schneeweißer Marzipanstorch. In seinem roten Schnabel ein Baby.

»Ich geh nicht mit ins Kino«, sagte Marisa, »ich kauf den Storch.«

Irene nickte. »Frag mal, was er kostet«, sagte sie.

Marisa kaufte den prächtigsten aller Marzipanstörche. Die zwei Pfennige, die ihr fehlten, schenkte ihr die Kioskfrau.

Hinter der Glasscheibe hielt eine Krankenschwester ein kleines Bündel hoch, das war Marisas Bruder. So also sah ein Christkind aus. Marisa durfte am Bett ihrer Mutter sitzen und ihr den Storch schenken. Am liebsten hätte sie ihn selbst behalten, so schön war er. Die Mutter lächelte und sagte: »Das ist ein schöner Storch.« Marisa nickte. Ja, das war er.

Aus dem Krankenhaus kam die Mutter nicht mehr nach Hause zurück.

»Die ist mit dem Baby zu dem neuen Papa gezogen«, sagte Irene, die alles wusste. »Die wohnen jetzt weit weg von hier. Sie sind jetzt eine neue Familie, aber du bleibst hier bei uns. Der neue Papa will nämlich keine zwei Kinder. – Wir haben es doch schön zusammen«, sagte Irene tröstend und legte ihren Arm um Marisa.

An Heiligabend kam der Onkel mit einem Weihnachtsbaum nach Hause. Er brachte ihn ins große Zimmer. Die Kinder sollten im Zimmer der Großmutter bleiben und die Kindersendung am Radio hören, für all die ungeduldigen Kinder, die auf die Bescherung warteten. Die Kinder im

Radio sangen Weihnachtslieder. Sie erzählten, was sie sich wünschten, und sie waren so ungeduldig wie die Kinder, die zu Hause am Radio zuhörten.

Marisa war nicht ungeduldig. Sie saß ganz still. Sie hatte auch keinen Wunsch mehr. Das Christkind brauchte den Kochherd nicht zu bringen. Marisa wollte nicht mehr Vater, Mutter, Kind spielen. Es war ihr gleichgültig, ob das Christkind kam oder nicht.

Leise ging Marisa aus dem Zimmer. Ohne dass es jemand bemerkte, zog sie die Schuhe, den Schal, den Mantel an und stieg die Treppen hinunter. Sie trat vorsichtig auf, damit die Holzdielen nicht knarzten. Draußen war es schon dunkel. Kein Stern zeigte ihr den Weg zur Krippe. Sie war ja auch kein Hirte und kein König. Sie war nur Marisa, sie hatte keine Schafe und ging über das Kopfsteinpflaster ohne Krone, Weihrauch und Myrrhe.

Marisa ging zum Fluss hinunter. Sie fand den Weg, obwohl er nicht beleuchtet war. Sie liebte den Fluss, die dicken Weiden und die Reihe geduckter alter Häuser, deren Vorgärten auf den Fluss hinausgingen. Aus dem dunklen, sternlosen Himmel begann es zu schneien. Marisa hatte die Handschuhe vergessen, aber sie spürte die Kälte nicht. Sie sah das Licht in den Fenstern der Häuser. Kerzen schimmerten an Weihnachtsbäumen. Kein Laut klang nach draußen in die stille Nacht, aber durch die beschlagenen Scheiben sah sie

Menschen beieinander sitzen. Sie lachten, redeten, Kinder sangen Weihnachtslieder. Marisa sah, wie sie die Lippen im goldenen Licht der Kerzen bewegten und ihre Münder ein O formten.

Marisa setzte sich auf eine Bank. Der Fluss war schwarz und träge. Wie still alles war. Nur das Wasser rauschte und sang ein einlullendes, beruhigendes, einladendes Lied. Wie friedlich das war, den Menschen ein Wohlgefallen. Noch immer fiel der Schnee in dicken Flocken. Es machte müde, müde, dem Gestöber zuzusehen. Sie würde sich auf die Bank legen und ein bisschen schlafen.

Da hörte es auf zu schneien. Der nächtliche Himmel riss auf. Ein blasser Mond stieg auf und beleuchtete die Bank und den umliegenden Park. Neben der Bank erkannte Marisa einen Rosenstrauch. Sie kannte ihn gut. Im Sommer spielten sie hier unten, Helga, Peter, sie und die anderen. Sie wollte den Strauch noch einmal berühren, bevor sie einschlief. Da sah sie, dass der Rosenstrauch blühte. Eine einzige rote Rose glühte unter dem Schnee im blassen Licht des Wintermondes. Der Rosenstrauch hatte Marisa in dieser dunklen Nacht eine Rose geschenkt. Behutsam wischte sie die Schneeflocken von den Blütenblättern.

Marisa lachte. Sie stellte die schwere Einkaufstasche auf den Fußspitzen ab, damit der regennasse Boden die Papiertüte nicht gleich aufweichte, und kramte nach ihrem Portemonnaie. Die Heilsarmee hatte sich direkt vor dem großen prächtigen Hauptgebäude der Bank aufgestellt. Marisa liebte die Heilsarmee mit einer unerschütterlichen, sentimentalen Zuneigung. Eine warme Suppe für alle, die nirgendwo hingehören – der Gedanke gefiel ihr. Marisa steckte einen Zehn-Franken-Schein in den Blechkessel mit dem Schlitz im Deckel, sah auf die Uhr und nahm schnell die Einkaufstüte wieder auf. Zwanzig vor sechs, höchste Zeit, Max vom Kindergarten abzuholen! Die Frauen und Männer in den altmodischen blauen Uniformen stimmten ein Lied an; einer dirigierte, und der kleine Chor sang: »Es ist ein' Ros' entsprungen ...«

Marisa drückte ungeduldig auf den Türknopf der Straßenbahn Nummer 7, die gerade vorgefahren war. Die Bahn war brechend voll, und Marisa musste ihre Einkäufe ein zweites Mal auf ihren Füßen abstellen. Sie würde es gerade noch so schaffen. Der Kindergarten schloss um sechs.

Sie stieß das hohe, schmiedeeiserne Gartentor auf und betrat die alte Villa, in der der Kindergarten sich befand. Im großen Spielzimmer war niemand mehr. »Max«, rief Marisa, »Ma-a-x!«, und lief dabei die Treppe hinunter in die Garderobe. Da saß Max ganz allein, die Gummistiefel hatte er schon an, und sagte vorwurfsvoll: »Du bist spät! Die anderen sind alle schon abgeholt worden.«

»Ja, ich weiß ... Dafür hab ich schon eingekauft, und wir können gleich heim. Komm ...« Sie zog ihm die rote Regenpelerine über. »Und nimm den Schal ... so ..., nicht, dass du gleich wieder Angina kriegst.«

»Ich krieg keine Angina«, sagte Max und schob seine kleine weiche Hand in ihre. Wenn sie Hand in Hand gingen, war die Welt in Ordnung. Für Max und auch für Marisa. Aber es regnete, Marisa musste den Schirm aufmachen, und in der anderen Hand hatte sie die Einkaufstasche. »Halt dich an meinem Mantel fest, ja?«, sagte sie. »Gleich, wenn es aufhört zu regnen, können wir wieder Hand in Hand gehen.« Max nickte und trottete neben ihr her durch das frühe Dunkel des Novemberabends. Und dabei hatte der Winter gerade erst begonnen! All die dunklen Abende, die noch kamen! Und die dunklen Morgen! Marisa hasste die Dunkelheit des Winters mehr als die Kälte. Sie fühlte sich verloren, wenn es draußen dunkel war. Das Aufstehen fiel ihr schwer, und es war traurig, erst im Finstern wieder heimzukommen. Wenigstens ist der Kindergarten nicht so weit weg von zu Hause, dachte sie, angelte den Hausschlüssel aus der Manteltasche und schloss die Haustür auf.

»Sollen wir zusammen kochen, oder soll ich zaubern?«

»Von mir aus kannst du zaubern.«

»Mit Kartoffeln oder Nudeln?«, fragte Marisa.

»Mit Nudeln.«

»Also, dann kannst du noch ein bisschen spielen!«

Max verzog sich in sein Zimmer. Auf dem großen alten, leicht zerschlissenen Perserteppich in der Mitte des Raums blühten, in ein wunderbares Muster verwoben, rote Rosen. Marisa hatte den Teppich von einer Freundin geschenkt bekommen, die ihn ihrerseits bei einer Wohnungsauflösung billig ersteigert hatte und nicht mehr gebrauchen konnte. Auf der üppigen Landschaft hatte Max einen Zirkus mit allem Zubehör aufgebaut, von den Wohnwagen der Artisten bis hin zur Manege und den Zuschauern auf den Besucherbänken. Ein paar Tiere saßen auch auf den Bänken, um die Reihen besser zu füllen. Alles stand da, als ob die Zeit angehalten und die Zirkuswelt in einen Dornröschenschlaf versetzt worden wäre. Der Dompteur in der Manege hob die Peitsche, die Löwen saßen auf ihren Schemeln, zum Sprung bereit. Die Pferde mit ihrem Federbusch auf dem Kopf wurden von den Wärtern auf dem Zirkusgelände spazieren geführt und waren in der Bewegung erstarrt. In der nächsten Nummer würden sie zeigen, wie sie Walzer tanzen konnten. Max war kein Freund davon, eigens erbaute Welten abzubauen und wegzuräumen, nur weil die Ordnung das verlangte, und er stürzte sich nun genau da in sein Spiel, wo er es gestern Abend verlassen hatte. Es war nicht schwer gewesen, Marisa davon zu überzeugen, dass alles genau so stehen bleiben musste, wie es war, und vorsichtig stiegen sie beide in Siebenmeilenstiefeln über die Zirkuswelt hinweg, wenn sie das Fenster öffnen wollten.

Nudeln, Broccoli, Knoblauch, Sahne, Reibkäse. Marisa stellte das Radio an und goss sich ein Glas Rotwein ein. Es war kein Knoblauch mehr da. Nudeln, Zwiebeln, Broccoli, Sahne, Käse. Auch gut.

Es war miese Stimmung im Büro gewesen, die Geschäfte liefen nicht gut; die Anzeigen gingen zurück, die Abonnentenzahlen auch – der Zeitung ging es schlecht. Und nicht nur der Zeitung. Jeden Tag gab es Meldungen von Massenentlassungen, Betriebsschließungen in allen Bereichen der Wirtschaft.

Marisa war froh gewesen, als sie im Sommer vor einem Jahr die Stelle in der Anzeigenabteilung bekommen hatte, nachdem Michael ausgezogen war. Eine Wiedereinsteigerin, mit einem knapp viereinhalbjährigen Kind, allein stehend. Wer stellt einen da schon gerne ein? Bevor sie geheiratet hatte, hatte sie als Reporterin gearbeitet, bei der gleichen Zeitung. Es war nett gewesen, dass man sie jetzt wieder genommen hatte. In die Redaktion kam sie nicht mehr hinein, es wurden auch Journalisten entlassen. Aber in der Anzeigenabteilung waren zwei Stellen frei geworden; eine hatte man mit ihr besetzt, die andere wurde gestrichen.

»Damit Sie wenigstens für den Anfang mal was haben«, hatte es geheißen.

Marisa schüttete den Broccoli ab und wandte sich wieder der Welt der Küche, der Nudeln und des Gemüses zu. Eine tröstliche, überschaubare Welt.

»Max, wir können essen!«

Die Kerze auf dem Küchentisch zündeten sie nicht nur im Winter an, die Kerze gehörte zum gemeinsamen Frühstück am Morgen und zum Abendessen, wenn sie wieder zu Hause waren. Die Küche war der heile Ort in ihrem Leben. Wenn sie sich an dem alten, dunklen Tisch mit den Löwenfüßen gegenübersaßen – er hatte etwas unverrückbar Beständiges –, erinnerte sich Marisa manchmal daran, wie sie als Kind am Fenster gestanden und sehnsüchtig zum Küchenfenster im Haus gegenüber hineingeschaut hatte, wo ihr Freund Peter mit seinen Eltern zu Abend aß.

»Also, im Kindergarten kochen sie besser«, sagte Max, sah aber sehr versöhnlich dabei aus und aß einen großen Teller voll. Marisa war ein bisschen gekränkt.

»Mama …«

»Ja?«

»Mama, ich will nicht in die Schule«, sagte Max. »Christina hat heute gesagt, nächste Woche kommt eine Frau vom Schulamt in den Kindergarten, die macht einen Test mit uns, ob wir im Sommer in die Schule sollen oder erst ein Jahr später. Ich will nicht in die Schule. Mir gefällt es im Kindergarten.«

»Ist ja auch schön da. Und Christina ist super. Aber es gibt auch nette Lehr-«

»Nein. Ich will erst in die Schule, wenn der Papa wieder bei uns wohnt.«

»Ach so? Und wenn der Papa nicht wiederkommt? Und wenn du dann irgendwann sieben bist – was dann?«

»Dann geh ich in die Schule.«

»Na gut. Das können wir sicher mit der Frau vom Schulamt besprechen. Und sonst war es schön heute?«

»Ja. Denise möchte mal bei mir übernachten, hat sie gesagt. Ich hab erzählt, dass ich jetzt das Kajütenbett habe und dass sie sich aussuchen darf, ob sie oben oder unten schlafen will. Wir wollen dann Pizza zum Abendbrot. Aber gekaufte, nicht selbst gemachte!«

»Ist gut, Max. Nur nicht dieses Wochenende, da kommt der große Max zu Besuch, und das ist mir dann zu viel. Aber Denise kann gern in der Woche mal mitkommen, gleich nach dem Kindergarten, oder das Wochenende drauf. Sie soll ihre Mama fragen, ja?«

Max nickte.

»Kommst du jetzt aufs Sofa?«

Das Sofa war der zweite heilige Platz in der Wohnung.

»Machst du dich fertig – waschen, Schlafanzug, Zähne putzen und so weiter? Dann gehen wir aufs Sofa. Ich helf dir gleich im Bad, wenn ich die Sachen hier in der Küche zusammengeräumt hab, ja?«

Max trödelte ein bisschen herum und fand das Klavier im Wohnzimmer reizvoller als die Zahnbürste im Bad. Das Klavier übte eine magische Anziehung auf ihn aus, und deshalb kam einmal in der Woche die Klavierlehrerin, Frau Niederegger, um Max in das Geheimnis des Klavierspielens einzuweihen. Am liebsten improvisierte Max. Dann wurden die Töne des Klaviers zu Glockentönen, die in Dreiklängen hoch und tief, leise und anschwellend, strahlend oder bedrohlich und dann wieder sanft verebbend durch das Haus klangen. Alles, was Max fühlte, sagten die Glocken. Das Helle und das Dunkle, das Leichte und das Schwere. Sie erzählten vom Morgen und vom Abend, vom Tag und von den Träumen, die durch die Nacht und den Schlaf huschen.

Endlich war Marisa so weit.

Max wollte aus *Wo die wilden Kerle wohnen* vorgelesen bekommen. Eines seiner Lieblingsbücher. Das Sofa war der Ort, wo vorgelesen wurde. Er schüttelte die Kissen zurecht, damit sie schön nebeneinander sitzen konnten, ganz eng aneinander geschmiegt. Das war der schönste Moment des Tages. So ein weiches, rundes, warmes Gefühl. Noch schöner als unter der Bettdecke, fand Max. Marisa gähnte. Max gähnte auch. »Schlaf nicht ein!«, sagte Max und stupste Marisa in die Seite.

Das sind die leichten Sachen, dachte Marisa, als Max in seinem Kajütenbett lag. Marisa führte eine Liste im Kopf: die leichten und die schweren Sachen im Leben. Mit der Liste versuchte sie Ordnung ins Leben zu bringen. In Ordnung war es, wenn die leichten Sachen und die schweren Sachen einigermaßen im Gleichgewicht waren. Fast alles, was mit Max zusammenhing, gehörte zu den leichten Sachen.

Max war übrigens eingeschlafen, bevor sie zu Ende gelesen hatte.

Sie hatte ihn ins Bett getragen – wie schwer er schon war! –, und er hatte nur noch einmal kurz geblinzelt, als sie ihn zudeckte. Sie sah ihn noch eine kleine Weile an. Die blonden Haare hatte er von Michael, die grünbraunen Augen von ihr, die Stirn von Marisas Vater und das Kinn von Michaels Mutter. Was lebte da alles in ihm weiter, wovon er nichts wusste und was doch über Generationen weitergetragen worden war! Wie würde er das in sich zusammenhalten, was Michael und sie voneinander trennte, weil es sich nicht miteinander vertrug?

Marisa gähnte und schaute in den Badezimmerspiegel. Sie hauchte gegen das Spiegelglas. Eine runde Stelle beschlug von ihrem Atem, sie wischte mit dem Handtuch darüber und rieb den Spiegel ganz blank. Früher hielt man den Toten einen Spiegel vor den Mund, um zu sehen, ob sie nicht vielleicht doch noch atmeten. Marisa atmete langsam ein und aus. Sie band ihre halblangen braunen Haare zu einem Pferdeschwanz zusammen. Wie damals, als sie neun war. Da hatte sie noch einen Pony gehabt. Manchmal fühlte sich Marisa noch genauso wie damals. Und das mit fünfunddreißig! Neulich war sie im unteren Kajütenbett eingeschlafen, so müde war sie gewesen. Dabei wollte sie nur einen Moment lang den ruhigen Atemzügen von Max zuhören. Aber bevor sie denken konnte, das ist *mein* Kind, das über mir liegt und schläft und atmet, war sie selbst eingeschlafen.

Marisa stand noch unter der Dusche, als das Telefon klingelte. »Moment, Moment, ich komme«, rief sie, als könnte es der Anrufer am anderen Ende der Leitung hören, wickelte sich das Badetuch um und nahm ab.

Es war der große Max. Wie immer um zehn.

»Na, was treibst du?«, fragte der große Max mit seiner tiefen Schauspielerstimme. Er hatte früher mal eine Nachtsendung moderiert und zum Abschluss immer gesagt: »Good night, gute Nacht. Schlafen Sie gut! Träumen Sie gut!« Das war gewesen, als Marisa noch ein kleines Mädchen war. Und natürlich hatte sie damals keine Ahnung davon gehabt, wer der große Max war. Jetzt konnte sie sich ein Leben ohne ihn fast nicht mehr vorstellen. Denn jeden Abend um zehn betrat der große Max für ein paar Minuten ihr Leben.

»Ich komme grade aus der Dusche. Warte eine Sekunde, bleib dran, ja? Ich zieh nur den Bademantel über! … Hast du ein Ticket bekommen? Wann kommst du am Freitag am Flughafen an?«

»Ich habe nur noch Platz in dem späten Flieger bekommen, der landet um halb zehn.«

»Wir holen dich trotzdem ab …«

»Unsinn. Ich bin doch kein alter Mann, den man abholen muss. Ich nehme ein Taxi und bin eine halbe Stunde später bei euch.«

Marisa schwieg. Sie fand es schrecklich, irgendwo anzukommen, wo niemand auf einen wartete.

»Warum sagst du nichts?«, fragte der große Max.

»Ich stelle mir vor, wie du ankommst und niemand wartet auf dich.«

»Ja und? Mein ganzes Leben lang wartet schon keiner auf mich. Das wäre mir auch – ehrlich gesagt – auf die Nerven gegangen.

Warst du übrigens schon bei der Hausverwaltung wegen des Mietvertrags?«

Marisa schüttelte den Kopf, obwohl der große Max das nicht sehen konnte.

»Dazu bin ich noch nicht gekommen …«

»Was heißt ›dazu bin ich noch nicht gekommen‹? Du musst den Vertrag von Michael auf dich umschreiben lassen, damit dich niemand aus der Wohnung werfen kann.«

»Ja. Ich geh ja auch hin.«

Marisa seufzte. Natürlich hatte der große Max Recht. Wie immer.

Sie musste daran denken, wie sie ihn kennen gelernt hatte. Damals hatte sie als Reporterin von einer Podiumsdiskussion berichtet. Der große Max saß auf der Bühne, als hätte er im ganzen Leben nichts anderes getan. Es war eine politische Diskussion gewesen, und Marisa fand, er hatte in jedem Punkt Recht. Sie war begeistert und hatte ihn nach der Veranstaltung gefragt, ob sie ihm noch ein paar Fragen für ihren Beitrag stellen dürfe.

»Nein«, hatte er mit seiner tiefen Stimme gedonnert, dann aber hinzugefügt, als er sah, dass sie richtig erschrocken war:

»Erst trinken wir einen Kaffee, sonst schlafe ich ein. Dann stelle ich Ihnen ein paar Fragen, und dann können Sie mir Ihre Fragen stellen.«

Dabei sah er sie schon wesentlich freundlicher an. Es wurde ein langes Gespräch. Der große Max richtete seinen Röntgenblick auf sie und gab sich Mühe, ihre Fragen zu beantworten. Seit dem Tag waren sie in losem Kontakt geblieben und hatten angefangen, sich ab und zu etwas Persönlicheres zu erzählen. Als Michael auszog, schüttete Marisa dem großen Max ihr Herz aus. Das hatte sie gar nicht vorgehabt, aber es passierte einfach. Seitdem sah er abends um zehn sozusagen nach dem Rechten. So wie heute.

Marisa seufzte. Ja, Max hatte Recht. Aber der Gang zur Hausverwaltung gehörte zu den schweren Sachen, weil Marisa alle Formalitäten hasste. Am Freitagmorgen würde sie hingehen und versuchen, die Wohnungsgeschichte gleich an Ort und Stelle zu regeln. Aber morgen war erst Donnerstag.

Marisa träumte mal wieder mit offenen Augen. Sie war in ihrem Garten. Den Garten hatte sie sich schon als Kind ausgedacht …

Es ist Sommer. Wie das Unkraut hochgeschossen ist! Da gibt es eine Menge zu jäten. Die Wege sind von Unkraut und Gras überwuchert wie in einem Zaubergarten, den lange niemand mehr betreten hat. Ja, sie ist lange nicht mehr hier gewesen! Die Brombeeren, die den alten Eisenzaun überwuchern, strecken ihre Ranken schon nach dem schmiedeeisernen Tor aus. Es quietscht in den Angeln, als sie es öffnet. Die Rosen stehen in voller Blüte, sie wird ein paar davon abschneiden, aber erst gegen Abend, wenn die Sonne milder wird. Dann werden sie ihren Duft ins Haus tragen. Besonders die blassgelben Teerosen … Die Malven wird sie zusammenbinden müssen, dann haben sie mehr Halt … Wie warm es ist, wie die Sonne wohlig durch die

Kleider dringt ... Sie wird sich ins Gras legen, die stumpfen Halme kitzeln an ihren nackten Füßen.

»He, Marisa, woran denkst du? Mir fällt gerade ein, dass der Müllerschön heute Morgen nach dir gefragt hat. Er war mal wieder als Erster da. Er wollte wissen, wann du kommst. Es ist wieder irgendwas im Busch.«

Sabine saß ihr am Schreibtisch direkt gegenüber. Sie hatten ihre alten Holzschreibtische, die wahrscheinlich noch aus den fünfziger Jahren stammten, in der Mitte des Büros zusammengeschoben. Sie mochten sich und arbeiteten gut zusammen. Sabine war schon lange hier, fast ein Fossil, wie sie selber gerne sagte. Sie war Ende fünfzig und schon an die dreißig Jahre hier bei der Zeitung. Sie war meistens gut gelaunt, lebte allein und bekräftigte bei jeder Gelegenheit, dass man als Frau zum Glücklichsein alles Mögliche braucht, nur keinen Mann. Nicht dass sie die Avancen immer verschmäht hätte, die ihr die Männer machten. »Aber«, sagte sie immer, »ins Haus kommt mir keiner!«

Marisa konnte Sabines liebsten Satz auswendig, und wenn Sabine ansetzte, ihn zu sagen, sprach Marisa gleich mit:

»Man steht heute als Frau ohne Mann viel besser da. Das ist einfach weniger anstrengend ...«

Aufrichtigen Trost konnte Marisa deshalb nicht von ihr erwarten, wenn es darum ging, dass Michael sie wegen einer anderen verlassen hatte. Sabine fand das alles halb so schlimm – im Gegenteil. »Das wär auf Dauer doch nicht gut gegangen«, meinte sie nur, wenn Marisa die Schwermut packte. »Im Alltag geht der Lack irgendwann ab, mal schneller, mal langsamer. Aber ab geht er. Das ist der Lauf der Dinge. Ich weiß nicht, warum die Leute sich nicht trauen, allein zu leben. Sterben müssen sie ja auch allein. Selbst wenn sie einen haben, der bis zur letzten Stunde mittrottet.« Sie schüttelte dann kurz den Kopf und fuhr sich mit den Händen durch die kurzen, wuscheligen blonden Haare, die sie viel jünger aussehen ließen, als sie war. Vielleicht war es aber auch ihr helles, freies Lachen, das sie jung machte. Und – sah man mal davon ab, dass sie Männer im täglichen Leben eher überflüssig fand, war sie ein Mensch ohne Vorurteile, und das machte die Zusammenarbeit mit ihr sehr angenehm.

Marisa hatte ihren imaginären Garten schleunigst verlassen, als Sabine sie ansprach.

»Weißt du, was er wollte?«, fragte sie besorgt.

Sabine zog die Schultern hoch. »Keine Ahnung. Wird schon nichts Besonderes sein.«

Marisa hatte trotzdem ein ungutes Gefühl. Die Stimmung im Haus war im Moment sehr angespannt, die Zahlen katastrophal. Nächste Woche war Betriebsversammlung. Wahrscheinlich erfuhren sie dann mehr. In welchen Bereichen man einsparen wollte …

»Ach, jetzt mach nicht so ein Gesicht, Marisa«, unterbrach Sabine ihre Gedanken. »Wahrscheinlich hat der Müllerschön bloß irgendeine Frage …«

Als hätte Sabine ihn herbeizitiert, steckte in diesem Moment Herr Müllerschön den Kopf durch die Tür.

»Morgen, Frau Ambacher, können Sie gleich mal zu mir ins Büro kommen?«, sagte er im Vorbeigehen und hatte die Tür schon wieder geschlossen. Marisa sah ihre Kollegin fragend an. »Kein Grund zur Aufregung«, sagte Sabine und meinte es wirklich so. Alle mochten Marisa, und an ihrer Arbeit war nichts auszusetzen. Was hätte Müllerschön ihr vorwerfen sollen?

Aber Marisa regte sich auf. Gedankenverloren goss sie den Büro-Ficus, der einfach armselig aussah. Was heißt das, wenn eine Büropflanze konsequent die Blätter abwirft?

Warum wollte Müllerschön sie sprechen? War ihm aufgefallen, dass sie immer wieder mal zwei, manchmal auch drei Tage gefehlt hatte? Das war immer dann gewesen, wenn sie Max nicht in den Kindergarten bringen konnte, weil er Fieber hatte. Fast alle zwei Monate hatte er jetzt Angina gehabt. Und jedes Mal Antibiotika bekommen. Das ging einfach nicht weiter so. Früher hatte er das nie gehabt, es hatte erst angefangen, seit Michael weg war. Das war schon sehr auffällig. Sie musste sich überlegen, ob sie Max die Mandeln rausnehmen lassen sollte. Aber erst würde sie mit Kaspar sprechen, der war Kinderarzt und ein guter Freund. Ja, sie musste mit Kaspar reden, auch weil Max nicht in die Schule wollte …

»Marisa, ich glaube, du musst jetzt wirklich zu Müllerschön und solltest aufhören, den Ficus zu ertränken!«, sagte Sabine.

Marisa zog ein schiefes Lächeln und stellte die Gießkanne ab.

Müllerschön hatte sich in seinem Büro vergraben. Seine Höhle war allerdings eine Eishöhle, weil er immer das Fenster aufriss, auch im Winter. Marisa konnte gar nicht verstehen, wie einem so heiß sein konnte. Denn überheizt waren die Büros weiß Gott nicht.

Müllerschön war schlecht einzuschätzen. Er schien nicht alt, nicht jung, nicht dynamisch, nicht träge, nicht launisch und nicht besonders gut gelaunt – er war geradezu außerordentlich normal. Nur seine Haare – auch sie weder schwarz noch blond, sondern von einem schwer zu definierenden Aschblond – brachten Bewegung in sein Äußeres: Sie standen in alle Richtungen, als seien sie erschrocken und Teil eines inneren Aufruhrs, den man dem Chef sonst nicht anmerkte.

»Sie wollten mich sprechen?«

»Ja, bitte, setzen Sie sich doch. Ich möchte mit allen hier in der Abteilung kurz sprechen und die Leute schon vorbereiten, dass es vermutlich Veränderungen in der Anzeigen-Abteilung geben wird. Sie wissen ja, dass nächste Woche eine Mitarbeiterversammlung stattfinden wird. Ich möchte Sie alle schon darauf vorbereiten, dass die Einsparungen auch unsere Abteilung betreffen werden. Wir werden nicht alle Mitarbeiter und Mitarbeiterinnen halten können. Es gibt noch keine konkreten Entscheidungen, aber die Geschäftsleitung geht davon aus, dass die Anzeigen-Abteilung um die Hälfte verkleinert werden soll.

Auch nächste Woche wird noch nichts Konkretes verkündet werden. Ich möchte nur, dass Sie auf das, was kommt, vorbereitet sind und nächste Woche nicht aus allen Wolken fallen.« Er räusperte sich und sah nach unten.

»Wen es treffen wird, weiß noch niemand. Das war schon alles, was ich sagen wollte und im Moment sagen kann. Es tut mir Leid.«

Marisa nickte nur. Sie verließ Müllerschöns Zimmer und schloss die Tür hinter sich.

»Du bist ja ganz blass, was hat er denn gesagt?«

Marisa gab keine Antwort. Sie dachte nach. Sie war die »Jüngste« hier in der Abteilung mit ihren anderthalb Dienstjahren, und sie arbeitete nicht voll. Sie arbeitete nur vier Tage in der Woche, der Freitag war ihr freier Tag. Es würde sie treffen, auch wenn sie allein stehend war und ein Kind zu versorgen hatte. Auch Sabine war allein stehend, aber es würde schwerer für sie sein als für Marisa, mit Ende fünfzig eine neue Stelle zu finden, das wussten sie bei der Zeitung auch. Außerdem war Sabine seit dreißig Jahren im Haus. Ihr würde man zuallerletzt kündigen. Und die anderen waren Familienväter.

»Sag, was hast du?« Sabine schaute sie an und legte ihr die Hand auf den Arm. Marisa zwirbelte schweigend an einer Haarsträhne, als wolle sie ein Seil daraus drehen.

»Setz dich, ich hole dir einen Kaffee.« Sabine drückte Marisa auf den Bürostuhl und verschwand.

Sie blieb ein paar Minuten weg. Der Kaffee aus der großen Kaffeemaschine, die auf dem Gang stand, schmeckte säuerlich und bitter zugleich, und Sabine fand, dass Marisa jetzt einen guten Espresso brauchte. In der Redaktion hatten sie sich privat eine eigene Espresso-Maschine zugelegt, die stand im Redaktionssekretariat.

»Sei ein Engel, Angelika, ich brauch einen Kaffee von dir«, sagte Sabine, und Angelika, ein sehr mürrischer Engel, nickte ungnädig.

Als Sabine mit der dampfenden Tasse zurückkam, saß Marisa noch genauso da wie zuvor.

»So, jetzt trink den erst mal. Ich habe mir schon so meine Gedanken gemacht inzwischen. Hat er was von Kündigungen gesagt?«

»Ja, er redet mit allen, er wird auch mit dir noch reden. Er will uns einfach vorbereiten, dass die Abteilung auf die Hälfte eingeschmolzen werden soll. Dafür kann er ja selber auch nichts. Es war ihm nicht gerade wohl in seiner Haut.«

An diesem Donnerstag hatte Marisa nicht die geringste Lust zu kochen. Punkt fünf verließ sie das Büro und holte Max ab, der sie noch gar nicht erwartet hatte und im Malzimmer vor einem großen Bild stand, das er mit Wasserfarben malte. Er war stolz.

»Mama, das ist für dich. Ein Schiff auf dem Meer. Damit fahren wir in die Ferien, ganz weit weg. Da hinten siehst du Afrika. Siehst du die Palmen da?«

»Ja, mein Schatz.«

»Gefällt dir das Bild?«

»Ja. Sehr. Wir rollen es zusammen und nehmen es mit

und hängen es zu Hause auf. Was hältst du davon, wenn wir heute ausgehen zum Essen? Wie wäre es mit Bratwurst?«

Max war sehr angetan von dieser Idee.

»Aber im Zeughauskeller. Wo es die Wurst vom Meter gibt. Und mit Kartoffelsalat.«

»Ist gut. Dann komm. Wir sagen den anderen noch schnell tschüss.«

Max wollte an dem runden Stammtisch sitzen, wo die älteren Männer ihr Bier tranken. Er wirkte ein bisschen verloren neben den Bierbäuchen, den Bierhumpen und dem dröhnenden Lachen der Erwachsenen, aber er kämpfte unverdrossen mit dem halben Meter Bratwurst, die, zu einer Schnecke gerollt, auf seinem Teller lag. Die Lampen über den Holztischen tauchten das Lokal bei allem Lärm, der darin herrschte, in ein gemütliches Licht. Eine friedliche Stimmung.

»Hast du auch das Bild?«, fragte Max ab und zu. Er war aufgekratzt, weil er so gerne ausging.

»Ja, klar«, sagte Marisa und hob zum Beweis die Papierrolle hoch.

»Zu Weihnachten male ich dir noch eins. Vom Nordpol und Alaska. Vom ewigen Schnee. Du isst deinen Teller ja gar nicht auf. Hast du keinen Hunger?«

»Nicht so richtig«, sagte Marisa.

Draußen hatte es zu schneien begonnen. Das gibt ein schöneres Leichentuch als der Nebel heute Nachmittag, dachte

Marisa. Sanft und weich und still legte es sich über die Stadt, die Straßen und Plätze, bedeckte die nackten Zweige der Bäume und dämpfte die Geräusche. Marisa spürte den kühlen Kuss des Schnees auf ihren Lippen und stellte sich vor, wie alles still wurde unter dieser weißen Decke, die Flocken immer dichter fielen und in Mund und Nase drangen.

Max war begeistert. »Es schneit«, rief er, »es schneit!« Das Weiß wirbelte in der Dunkelheit. Max hielt die Hände in seinen roten Fausthandschuhen in die Luft, Schneekristalle blieben darauf liegen.

Auch Marisa hielt ihre bloßen Hände hin. Die Flocken verwandelten sich auf ihren warmen Handflächen zu Wasser. Und für einen Moment sah Marisa ein kleines Mädchen im Winter, das weinte.

»Ist das dunkel«, murmelte Marisa, als sie in den kleinen Weg einbogen, der zu dem großen alten, hellgelb gestrichenen Haus mit dem großen Walmdach führte, in dem Max und Marisa wohnten. Der Weg und die Büsche, die ihn säumten, glitzerten zwar von Schnee, aber der Mond war von den Wolken verdeckt. Marisas Rosenbusch, den sie nahe der Haustür gepflanzt hatte, als Michael auszog, und der partout nicht blühen wollte, reckte seine schwarzen, zurückgeschnittenen Zweige in die Luft und hatte eine Schneehaube auf.

Max wollte vorausgehen und mit seinen Stiefeln die ersten Abdrücke im Schnee hinterlassen. Es war kalt geworden. Der Atem blieb wie eine kleine Wolke vor dem Mund stehen.

Plötzlich stieß Max einen leisen Schrei aus.

»Mama. Hier ist was. Ich fühl etwas an meinen Beinen!« Er bückte sich.

»Eine Katze, Mama, eine Katze sitzt hier vor unserer Tür! Mach schnell auf, sie will rein. Sie sitzt hier, als ob sie auf uns gewartet hätte. Sie hat hier auf uns gewartet! Die will zu uns!«

Max hüpfte im Schnee herum. »Eine Katze, eine Katze, die kitzekatzekalt hat …«

Und tatsächlich, kaum hatte sich die Haustür einen Spalt weit geöffnet, huschte die fremde Katze mit den beiden hinein. Und kaum hatte Marisa die Wohnungstür im Parterre aufgeschlossen, schob sich die Katze zwischen ihren Beinen durch in den Wohnungsflur. Dort setzte sie sich würdevoll nieder, halb selbstverständlich, halb erwartungsvoll, legte den Schwanz um ihre Pfoten und schaute Max und Marisa zu, wie sie ihre Mäntel auszogen.

»Wir haben eine Katze. Wir haben eine Katze!« Max war außer sich vor Freude.

»Psst, Max, nicht so laut! Wenn du weiter so schreist, klopft Frau Klaghaus mit dem Besen!«

»Wir müssen einen Namen für die Katze finden!«

»Max, das ist nicht unsere Katze. Sie ist heute einfach mit in unsere Wohnung gekommen. Vielleicht konnte sie da, wo sie wohnt, nicht hinein, weil ihre Leute nicht da sind. Und jetzt hat sie irgendwo Unterschlupf gesucht. Schau doch, sie sieht ganz gesund aus und hat ein schönes Fell. Sie gehört ganz sicher jemandem, der sie bald vermissen wird. Und nachher, wenn ich sie hinauslasse, wird sie nach Hause laufen, dorthin, wo sie wohnt.«

Sie schaute unsicher zu der Katze hinüber, die eine beleidigte Miene machte, so schien es Marisa zumindest.

»Aber schau doch, es geht ihr gar nicht so gut. Sie hat ein angebissenes Ohr!«, sagte Max.

Ihn schaute die Katze, im Gegensatz zu Marisa, gnädig an. Die Katze war getigert, sicher schon ein paar Jahre alt, mit einer gleichmäßigen braun-grauen Zeichnung. Am schönsten war ihr großer, breiter Kopf. Und am allerschönsten waren ihre Augen. Das zerfetzte rechte Ohr ließ sie etwas verwegen aussehen.

»Wie ein Pirat sieht sie aus! Da hat sie sich aber ganz schön mit einem Rivalen gefetzt«, stellte Marisa fest, die vor sich zugeben musste, dass das Tier Charakter hatte.

»Ganz richtig«, würde die Katze sagen, wenn sie sprechen könnte, aber so gab sie nur einen knappen Laut von sich, der mehr nach einem kurzen »Äh« als einem »Miau« klang, ein Signal, das Max sofort als Hunger und Durst deutete.

»Sie hat Hunger. Ich gebe ihr ein bisschen Milch.«

»Tu etwas warmes Wasser dazu, die Milch kommt aus dem Eisschrank, und hier, nimm dieses Schälchen … Und dann ab ins Bett …« Für den Augenblick gab Marisa sich geschlagen.

Gleich wenn Max im Bett lag, würde sie das Fenster

öffnen, und die Katze würde in der Dunkelheit verschwinden, so wie sie aus dem Nichts aufgetaucht war.

Marisa bugsierte Max ins Bett, dem sie versprechen musste, die Katze nicht hinauszuwerfen, wenn sie nicht freiwillig hinauswollte.

Die fremde Katze hatte offensichtlich ganz andere Pläne als Marisa. Sie dachte nicht daran, zu gehen. Sie saß auf dem Fensterbrett und schaute bewegungslos wie eine Sphinx durch das weit geöffnete Fenster in das Schneegestöber hinaus, bis es Marisa zu kalt wurde und sie das Fenster wieder schloss. Eher gelangweilt als neugierig streifte der getigerte Gast durch die ganze Wohnung, als hätte er noch eine Ewigkeit Zeit, sich alles anzusehen. Dann gähnte die Katze, ließ sich in der Sofaecke nieder und begann, sich das Fell zu lecken.

Sie würdigte Marisa keines Blickes, als die ihr vorsichtig über den Rücken streichelte. Die Piratin mit dem zerfetzten Ohr ließ es geschehen, ohne die Krallen zu zeigen, aber als Marisas Finger sie hinter den Ohren kraulen wollten, stand sie unmutig auf und suchte sich einen anderen Platz.

»Wir sind noch lange keine Freunde!«, schien sie zu sagen. »Und du bist schließlich die, die mich hier nicht haben wollte.«

Ehe Marisa in Nachdenken versinken konnte, ob sie der Katze unrecht getan hatte, musste sie das Telefon abnehmen, denn das klingelte schon eine Weile.

»Hallo, Max… hier ist eine fremde Tigerkatze auf meinem Sofa, die nicht nach Hause gehen will. Die tut so, als ob sie hier zu Hause wäre. Sie kann mich nicht leiden ...«

»Sag mal, spinnst du?«

»Nein, das ist wahr«, schluchzte Marisa.

»Und deshalb weinst du? Wegen einer Katze, die auf deinem Sofa sitzt?«

»Max, ich werde sicher entlassen. Müllerschön hat mich heute in sein Büro gerufen und mich darauf vorbereitet. Es wird mehrere treffen, nicht nur mich, aber *auch* mich, das ist mir ganz klar. Und es wird noch vor Weihnachten passieren ...« Marisas Stimme zitterte.

»Du bist mal wieder ganz schnell. Jetzt warte erst mal ab und steigere dich nicht in etwas hinein, was vielleicht gar nicht passiert ...«

Der große Max pochte auf die Vernunft.

»Wieso sagst du nichts mehr? Weinst du still vor dich hin?«

»Hm.«

»Ach du lieber Gott. Also pass auf. Morgen Abend komme ich. Und Samstag früh fahren wir übers Wochenende mit Max in die Berge, in das schöne Hotel, wo wir schon mal waren, du weißt schon. Mit dem schönen Jugendstil-Speisesaal, wo wir ganz fürstlich essen werden. Ruf morgen in dem Hotel an und reserviere für uns. Und dann erzählst du mir alles ganz genau. Weinen ist jedenfalls für gar nichts gut. Angst auch nicht. Jetzt sag bloß nicht, dass du schon wieder stundenlang auf dem Klo gesessen und geheult hast, ehe ich angerufen habe?«

Wenn Marisa nicht mehr weiterwusste und es keinem zeigen wollte, heulte sie eine Runde hinter verschlossener Tür. Das hatte sie schon als Kind gemacht, und irgendwann hatte sie dem großen Max das mal erzählt.

Sie musste lachen, obwohl das etwas verschnupft durch die Nase klang.

»Nee, hab ich nicht. Ist schon gut.«

»Na, gut ist es nicht. Aber immerhin lachst du wieder. Geh jetzt ins Bett, lass die Katze da sitzen, wo sie sitzt, ich guck sie mir dann morgen an, falls sie noch da ist.«

Die Stimme des großen Max wurde weich. Er liebte Katzen, fand aber, in einen Junggesellenhaushalt gehörte keine Katze. Wo er so selten zu Hause war …

»Gut, ich geh ins Bett. Und du willst wirklich ein Taxi nehmen morgen Abend?«

»Hab ich doch gesagt. Und ich sehe zu, dass ich den Rückflug nach Berlin auf Montag umbuchen kann. Good night, gute Nacht, und schlafen Sie gut.«

»Ist die Katze noch da?« Der kleine Max rieb sich die Augen.

»Morgen, Schätzchen! Ja, die Katze ist noch da!«

Marisa hatte die Tür zum Kinderzimmer erst einen Spaltbreit geöffnet, damit das Dunkel der Nacht behutsam vertrieben wurde und Max nicht aus dem Schlaf geradewegs in die Helligkeit des Lampenlichts fiel.

»Hast du schön geschlafen?«

Max war ganz warm und roch nach Kleinkind, als Marisa ihn umarmte.

»Ja, aber ich bin schon wach gewesen, weil ich an die Katze gedacht habe.«

Da strich sie schon ins Zimmer und stieg mit Samtpfoten über die Zirkusarena und den Dompteur und ihre Artgenossen, die auf den Podesten saßen, hinweg, ohne einen Zuschauer von der Bühne zu fegen, und das alles im Dunkeln. Sie schnupperte an den Stofftieren, die herumlagen, als wollte sie überall Max' Witterung aufnehmen, und verzog sich dann wieder: ein bisschen eng und unübersichtlich hier.

»Siehst du, dass sie bei uns bleiben will! Jetzt kann sie mit uns frühstücken!«

Marisa sagte nichts. Der frühe Morgen war nicht ihre Zeit. Außerdem war heute Freitag, und sie musste ganz viel erledigen. Alle privaten Erledigungen mussten am Freitag über die Bühne gebracht werden, ihrem geheiligten freien Tag, und meistens waren es die schweren Sachen des Lebens, die anstanden: Formulare ausfüllen, einen neuen Pass beantragen, Reparaturen beim Hausmeister anmelden, die Zeitungen bündeln, Rechnungspost erledigen, Briefmarken kaufen. Marisa hasste es, auf der Post anzustehen, nur um zwanzig Briefmarken einzukaufen. In der geheizten Schalterhalle und mit dem warmen Wintermantel brach einem doch der Schweiß aus …

»Mama, hej, Mama, der Toast brennt an. Du, die Nia

nennt Toast ›Stresemänner‹. Ihr Vater hat einen Anzug, wo die Hosen Streifen haben, und ihr Vater sagt, der Anzug heißt Stresemann, und weil der Toast Streifen hat, nennt sie den Stresemann …«

»Das klingt gut. ›Wollen wir Stresemänner machen?‹, das klingt echt gut!«

Die Katze saß neben Max und wollte keinen Stresemann essen.

»Katzen fressen doch Mäuse. Die wollen kein Marmeladebrot. Mach jetzt ein bisschen vorwärts, dass wir zum Kindergarten kommen.«

Max trödelte.

»Max. Könntest du mal in das Brot beißen? Da … in dieses Brot! Reinbeißen, kauen, schlucken!«

Na endlich. Sie konnten los.

»Und was ist mit der Katze?«, fragte Max.

»Die muss jetzt auch raus, weil ich nachher noch 'ne Menge zu erledigen hab. Oder willst du sie etwa hier einsperren?«

Die Katze zeigte Marisa den hoch erhobenen Schwanz und stolzierte zur Tür.

»Siehst du, sie will selber raus. Die muss doch auch mal aufs Klo, zum Beispiel. Und wir haben doch noch gar keine Kiste hier.«

»Noch nicht«, jubelte Max, »noch nicht, hast du gesagt!«

Das undurchdringliche Katzenwesen machte sich davon, ohne sich noch einmal umzusehen.

Der Weg zum Kindergarten war eigentlich langweilig, aber Max und Marisa fanden ihn schön. Erstens konnten sie Hand in Hand gehen, und beide hatten was davon: Marisa hing ihren Gedanken nach und kam an die frische Luft, und Max hatte sein Ziel fest im Auge – die Gartenzwerge! In dem gar nicht besonders ordentlichen Vorgarten eines alten Hauses lagen, saßen, standen sie und angelten in einem Miniaturteich. Max blieb jeden Morgen stumm am Zaun stehen und bewunderte sie. Und immer hatte der Tag der Zwerge schon begonnen, wenn er vorbeikam.

»Zieh dich warm an, wenn ihr draußen seid, hörst du«, sagte Marisa im Kindergarten zum Abschied. »Du musst aufpassen, wegen dem Hals, ja? Den Schal nicht vergessen! Also, dann bis später. Wenn du willst, hol ich dich schon um vier ab.«

Aber Max war schon im großen Spielzimmer verschwunden.

Marisa hätte gut Werbung für eine Espresso-Marke machen können. Sie schraubte die Kaffeemaschine auf, füllte Wasser in den unteren Teil, Kaffeepulver in den Filtereinsatz, schraubte mit Schwung den oberen Teil auf, zündete das Gas an und stellte die Maschine aufs Feuer mit dem Gefühl großer Erwartung im Gesicht. Jetzt gleich würde etwas Wunderbares geschehen! Der Kaffeeduft würde sich in der ganzen Wohnung ausbreiten und alle Sinne betören. Es war *ihre* Stunde!

Marisa fand, sie war großartig heute Morgen. Sie war

schon bei der Immobilienverwaltung gewesen, und die Leute dort hatten nichts dagegen, dass die Wohnung auf ihren Namen umgeschrieben wurde. Sie brauchte nur eine schriftliche Einverständniserklärung von Michael. Und Michael würde sie am nächsten Freitag sehen, wenn er Max übers Wochenende holte. Er würde einverstanden sein, ihr die Wohnung zu überlassen, da war sie sich ziemlich sicher; er hatte schon eine eigene Wohnung gefunden. Nicht besonders groß, aber seine Freundin hatte ja ein ganzes Haus.

Marisa hatte diesen Gang zur Verwaltung lange vor sich hergeschoben. Dort hinzugehen hieß zu akzeptieren, dass Michael weg war und wegbleiben würde. Dass sie nicht mehr zusammen in dieser Wohnung lebten. Dass er in Zukunft ein Leben ohne Max und sie führen wollte. Dass er sich entschieden hatte und auch sie die Konsequenzen daraus zog. Das fiel ihr schwer. Immerhin hatte er damals zu ihr gesagt: »Gib mir etwas Zeit. Ich muss einfach mal eine Weile allein sein. Das hat nichts mit dir zu tun.« Auch mit der neuen Freundin war Michael ja nicht zusammengezogen. Vielleicht hatte er einfach eine schlechte Phase. Und war es nicht möglich, dass sie ihm mit diesem Schritt erst den Anstoß gab, endgültig zu gehen? Solange die Wohnung, in der sie lebten, auf seinen Namen lief, war er offiziell ja noch bei ihnen, war die Trennung nicht vollzogen.

»Du steckst den Kopf in den Sand«, hatte der große Max zu ihr gesagt, als sie sich einmal in den zwei schweren Ohrensesseln in seinem Arbeitszimmer gegenübergesessen hatten. Er hatte es nicht vorwurfsvoll gesagt, aber ohne Widerspruch zu dulden. Er zog an der Zigarette, an der die Asche schon bedrohlich angewachsen war. »Dein Mann kommt nicht zurück. Er ist seit anderthalb Jahren weg und hat noch nicht einmal Anstalten gemacht, zurückzukommen. Und wenn er zurückkäme, würdest du dich nie wieder sicher bei ihm fühlen. Deine Angst, verlassen zu werden, ist zu groß. Größer als bei anderen.« Er sah sie einen Moment schweigend an, und Marisa wusste, woran er dachte: an ein sechsjähriges Mädchen, das die Welt nicht mehr verstand, weil die Eltern es verlassen hatten. »Trennungen sind immer schrecklich, aber dich bringen sie um.« Er hatte den letzten Satz seltsam sanft gesagt, weil sie angefangen hatte zu zittern. Er hatte ja Recht. Es war ihr lieber gewesen, den Kopf in den Sand zu stecken, als zu glauben, dass sie verlassen worden war. Sie konnte ganz viel aushalten, nur das nicht. Das nicht. Andere Frauen werden auch verlassen. Stimmt. Andere Kinder sind auch Scheidungskinder. Ja. Der große Max sah sie an.

»Du wirst es trotzdem überleben. Glaub mir. Du hast es schließlich auch damals überlebt. Es gab Menschen, die dir dabei geholfen haben. Und jetzt wird es genauso sein. In dir steckt mehr Kraft, als du denkst.«

Wie sagte der große Max immer? »Nichts vor sich herschieben und die unangenehmen Dinge immer als Erstes erledigen, dann hast du hinterher mehr vom Tag.«

So war es, und der Kaffee war jetzt die Belohnung. Marisa hatte nicht besonders gut geschlafen, weil sie über die anstehenden Kündigungen nachgedacht hatte oder besser ganz speziell über ihre eigene und was das bedeuten würde. Aber jetzt würde sie erst mal gemütlich Zeitung lesen, Kaffee trinken und das Croissant vom Bäcker Hausmann essen, das sie sich mitgebracht hatte. Der Korbsessel in der Küche knarrte behaglich, als sie sich darin niederließ. Sie sah auf die Wiese und die alten Kastanien vor dem Haus, die jetzt ihre nackten, knorrigen Arme in den grauen Himmel reckten. Vom Schnee waren nur Reste geblieben, es war wieder milder geworden.

Wo blieb eigentlich der Briefträger heute? Sie hatte den Gedanken noch nicht zu Ende gedacht, da sah sie ihn schon in den schmalen Weg zum Haus einbiegen. Er wusste, dass sie freitags um diese Zeit oft zu Hause war, und warf einen Blick zum Küchenfenster hinein. Richtig, da saß sie und machte schon ein Zeichen mit der Hand, dass sie rauskommen würde.

Marisa wusste gar nicht, wie der Briefträger hieß, sie vergaß immer, ihn danach zu fragen, obwohl sie ihn wirklich mochte.

»Hallo«, sagte sie. »Wie geht 's Ihnen? Wir haben uns letzte Woche gar nicht gesehen.«

»Hallo. Ich habe heute nicht viel für Sie. Nur einen Brief. Hoffentlich ist es ein schöner.« Er zwinkerte ihr zu, und sie musste lächeln.

»Na ja«, sagte sie. »Heute vielleicht schon, aber das wird wohl nicht so bleiben.«

Der Briefträger sah sie forschend an, und sie meinte

in seinen braunen Augen echte Anteilnahme zu entdecken. »Erwarten Sie schlechte Neuigkeiten?«

»Die Kündigung.« Die Worte waren ihr einfach so herausgerutscht. »Die Zeitung, bei der ich arbeite, muss Leute entlassen.«

»Oh ...« Der Briefträger machte ein betroffenes Gesicht. Verlegen zupfte Marisa ein vertrocknetes Blatt vom Rosenstrauch. »Na ja – im Moment ist mir das Glück nicht gerade hold«, sagte sie. »Und die Rosen hier haben auch noch nie geblüht.«

»Jetzt ist auch nicht die Zeit dafür«, sagte der Briefträger mit einem feinen Lächeln. »Aber glauben Sie mir, die Dinge ändern sich oft schneller, als man denkt. Und bald ist Frühling.«

Ein bisschen getröstet ging Marisa ins Haus zurück.

Was hatte der Postbote eigentlich für einen Brief gebracht?

Er war von Jakob, ihrem Bruder. Sie sah es an der australischen Briefmarke. Oft hörten sie nicht voneinander, aber doch regelmäßig genug, um zu wissen, wie es dem anderen so ging. Er saß jetzt also auf der anderen Seite der Welt, hatte Sommer, während sie Winter hatte, und Winter, wenn sie endlich die Sommertage genoss. Nur die Feste, die hatten sie gemeinsam, die waren trotzdem die gleichen, und Weihnachten stand jetzt für beide vor der Tür. Gedankenverloren öffnete sie das Kuvert und überflog den Inhalt. Jakob fragte noch einmal nach, ob sie nicht doch kurz entschlossen mit Max in den Weihnachtsferien nach Australien kommen wollte. Er selbst konnte nicht Urlaub machen, er steckte mitten in einem Brückenbauprojekt. Jakob war gleich nach der Schulzeit zum Studieren nach Australien gegangen, so weit weg wie möglich, und schließlich Brückenbauer geworden. In Sydney hatte er Linda kennen gelernt, sie geheiratet und beschlossen, in Australien zu bleiben. Alle paar Jahre kamen sie nach Europa. »So richtig hält mich hier nichts«, hatte er mal gesagt, »aber ab und zu möchte ich doch dich, mein Schwesterchen, sehen und meinen Vater und meine Stiefmutter kurz besuchen.«

Die Mutter, die sie beide verband – Marisas und Jakobs Mutter –, war früh gestorben; Jakob hatte nicht viel mehr von ihr gehabt als Marisa.

Australien. Zu Jakobs Hochzeit war sie in Australien gewesen, ohne Max – der war damals noch zu klein für die Reise gewesen. Aber sie hatte den kleinen Bruder an diesem Glückstag umarmen wollen. Marisa sah auf das blattlose Geäst der Kastanien und in das Grau des Himmels hinauf, der nicht einmal Wolken zu bieten hatte. Australien. Schön wäre das. Teuer auch. Marisa konnte sich die Reise nicht leisten. Nicht jetzt, wo sie sich wie das Kaninchen vor der Schlange fühlte – zu gelähmt, um über etwas anderes nachzudenken als die mögliche Kündigung, und voller Angst, was aus ihr und Max werden sollte, wenn sie die Stelle verlor.

Als sie mit Max in den Fußweg zum Haus einbog, saß die Tigerkatze vor der Haustür. Max triumphierte.

»Siehst du, Mama!«

Die Katze strich ihm einmal um die Beine und wartete dann darauf, dass die Tür aufging.

Nach einem kurzen Rundgang durch die Wohnung ließ sie sich auf dem Sofa nieder. Ihr eingerissenes Ohr zuckte ein paar Mal kurz, dann schloss sie die Augen.

Die ganze Unruhe, das Schuhe-Ausziehen, Taschen-Abstellen, Kühlschrank-Einräumen, Hinundherlaufen war ihr zuwider.

Hunger schien sie nicht zu haben. Und gestreichelt wollte sie schon gar nicht werden. Auch nicht von Max.

Max freute sich auf den Besuch vom großen Max und den Wochenendausflug, den sie morgen ganz überraschend machen wollten. In den Bergen lag sicher schon richtig Schnee. Die Sonne würde ihn funkeln lassen, und die Landschaft würde feierlich und kostbar aussehen. Zum Leidwesen seiner neuen Katzenfreundin, die sich sofort in Marisas Zimmer verzog, spielte Max ein Glockenkonzert auf dem Klavier, in dem der Schnee in hellen Tönen aufglitzerte und die Berge majestätisch in den Himmel ragten.

»Schön!«, rief Marisa aus der Küche.

Sie machte Milchreis mit Pflaumenkompott, ein Gericht, das sie hasste und das das Lieblingsessen vom großen Max war.

Der kleine Max konnte jetzt die eine Hälfte essen, der

große Max nachher die andere Hälfte. Sie selbst brauchte heute ein Steak.

»Meine Güte! Was habt ihr denn für ein Wetter hier?«

Der große Max polterte zur Tür herein. Ungeduldig zerrte er an seiner gefütterten Winterjacke, von der das Wasser troff.

»Hier, häng die Jacke auf, irgendwo, wo sie trocknen kann!«

Er zog aus seiner Reisetasche zwei Stangen Zigaretten und befühlte sie.

»Wenigstens die sind trocken. Lass dich mal anschauen …« Er zog Marisa an sich, drückte sie und hielt sie dann ein Stück von sich weg.

»Siehst aber noch ganz gut aus für alles, was dich so umtreibt.« Max, obwohl nicht viel größer als Marisa, füllte den Raum mit seiner Anwesenheit vollständig aus. Seine nicht langen, aber eigenwillig in Wirbeln und Büscheln wachsenden weißen Haare, die seinen widerborstigen Charakter verrieten, waren durch den Schnee gebändigt, aber die große Nase und das zerfurchte Gesicht mit dem melancholisch-skeptischen Ausdruck ließen sich vom Regen nicht glätten.

»Wieso bist du denn so nass geworden, du bist doch mit dem Taxi gekommen?«, fragte Marisa und schob den Gast in die Küche, wo er sich in einen der Korbstühle fallen ließ.

»Die Straße ist weiter vorn gesperrt, der Fahrer musste

mich an der Absperrung rauslassen, und die kleine Strecke hat gereicht. Hast du mal einen Aschenbecher?« Er steckte sich eine Zigarette an, nahm einen tiefen Zug und entspannte sich.

»Weißt du, diese Nichtraucherflüge machen mich nervös, und dieses Arschloch im Taxi fuhr wie beknackt und bestand darauf, dass man bei ihm im Wagen nicht rauchen darf.«

»Gut, jetzt bist du ja da. Ich hab Milchreis mit Pflaumenkompott, wenn du willst.«

Ein Mundwinkel in der eindrucksvollen Gesichtslandschaft vor ihr hob sich.

»Ja, will ich, und dann gehen wir schlafen. Lass uns morgen früh losfahren. Hast du im Hotel nach Zimmern gefragt?«

Marisa nickte.

»Morgen haben wir dann Zeit für alles andere.«

Er ging ins Wohnzimmer.

»Hallo. Da ist ja die Katze. Tja, …«, er kraulte sie und setzte mit einem behaglichen Knurren dazu, » … dann sind wir ja vollzählig.«

Es war noch dunkel, als sie frühstückten. Marisa hatte eine Reisetasche für den kleinen Max und sich gepackt. Max wollte unbedingt seinen Schlitten mitnehmen.

»Wir machen was ganz anderes«, sagte der große Max.

»Wir fahren mit dem großen Pferdeschlitten, in Decken eingewickelt. Das ist viel vornehmer.«

Der kleine Max liebte vornehme Dinge.

»Wirklich? Mit einem Schlitten mit Glöckchen und mit zwei Pferden davor?«

»Ja.« Der große Max nickte, und er hatte den kleinen Max noch nie enttäuscht.

»Und was wird über das Wochenende mit der Katze, Mama?«

»Die Katze kann sich übers Wochenende überlegen, wohin sie wirklich gehören will.«

Der große Max hatte es auch gern vornehm, wenn er schon mal in die Ferien fuhr, und das für nur zwei Tage. Sie ließen sich in die Polster der ersten Klasse sinken, und der Zug glitt aus dem Bahnhof hinaus. Nach knapp zwei Stunden mussten sie umsteigen, und beide Maxe waren begeistert, als der kleine Zug mit den roten Wagen, der sie über den Pass in das große Hochtal bringen sollte, einen lang gezogenen Pfiff von sich gab.

Im Zug gab es einen altmodischen Speisewagen mit plüschbezogenen Bänken. Der große Max und Marisa tranken Wein und aßen eine Käseplatte, der kleine Max wollte Fanta und Kuchen. Er saß ganz gerade und lümmelte nicht auf der Bank, weil er das vornehmer fand, und sein Teddy saß ganz gerade neben ihm.

Ab und zu pfiff der Zug, und die Tunnel wurden immer zahlreicher.

»Aber wo ist der Schnee?«, fragte der kleine Max beunruhigt.

»Wir wollen doch Schnee und Sonne haben!«

»Wir sind ja noch gar nicht richtig oben! Wart nur ab, der kommt schon noch. Und wenn nicht, wird es auch schön. Dann gehen wir auf die Eisbahn, die ist im Winter immer offen«, sagte Marisa, die ganz glücklich aussah und vom Weißwein am Mittag rote Wangen bekommen hatte.

Der Zug schraubte sich in Serpentinen in die Höhe. Brücken führten über schwindelnde Abgründe, Wasserfälle stürzten in die Tiefe, um später, je weiter sie hinaufkamen, in bläulichem Eis zu erstarren. Und dann kam der Schnee. Er lag auf den Vorsprüngen, die die schroffen, kahlen Abhänge boten, und auf den riesenhaft großen Tannen, die immer wieder die Strecke säumten. Max drückte seine Nase ans Fenster. Es war eine grandiose Zugstrecke, ein wunderschöner Pass. Dann war die Höhe erreicht, und der Zug bog in das große Hochtal ein, das weit und offen unter dem blauen Himmel lag. Die Schneeverhältnisse waren noch nicht wie im Januar, Februar, aber es genügte, um die drei glücklich zu machen, die dem Hochnebel und dem verregneten Grau endlich entkommen waren. Und wirklich glitzerte der Schnee, als hätte jemand Diamanten darüber gestreut, die jetzt in allen Farben auffunkelten. Noch ein paar Minuten, und der Zug fuhr in den kleinen Bahnhof ein. Endstation.

Endstation Sehnsucht, dachte Marisa für einen kleinen Moment, weil sie sich daran erinnerte, wie der kleine Max bei seiner ersten Reise hierher, überwältigt vom Zauber des

Raureifs, der so gefunkelt hatte wie jetzt die unberührte Schneedecke im Tal, ausgerufen hatte:

»Guck mal, Mama, Sehnsucht!«

Das Wort Raureif kannte er noch nicht, aber was Sehnsucht war, das wusste er offenbar damals schon.

Der große Max dirigierte alle über den Bahnhofsplatz zum Taxistand, denn er wollte nicht mit dem Bus fahren.

»Das kann ich auch zu Hause«, sagte er.

Und so ließen sie sich bis vor das große, zartgelb gestrichene Hotel fahren, das aussah, als sei es im kaiserlichen Österreich erbaut worden. Tatsächlich war es Ende des 19. Jahrhunderts eröffnet worden, und in seinem Jugendstilsaal wollte der große Max mit seinen beiden Gästen heute Abend speisen.

Der kleine Max hüpfte die Eingangsstufen hinauf und hielt den Teddy so, dass auch der alles sehen konnte. Manchmal half er nach und drehte den Kopf des Teddys in die richtige Richtung.

»Danke, Max!«, sagte Marisa, die sich bei dem großen Max eingehängt hatte.

Sie hatten Glück. Der See war schon zugefroren. Es war dieses Jahr sehr früh kalt geworden hier oben. Manchmal dauerte es bis weit nach Weihnachten, bis die Eisdecke dick genug war, um Menschen zu tragen. Der Bergweg am Seeufer wäre für den großen Max viel anstrengender gewesen, zu anstrengend, wenigstens im Schnee.

Jetzt aber hatten sie die große, weiße, leuchtende Fläche vor sich wie eine Unendlichkeit. Bootsstege waren da, und Binsen, die hoch aus dem Schnee ragten und daran erinnerten, dass sich hier zu anderen Jahreszeiten ein tiefer dunkler See befand, über den man jetzt fast schritt wie Jesus über das Wasser.

In der Mitte des Sees ragten zwei kleine, föhrenbestandene Inselchen auf. Was im Sommer unerreichbar schien, konnte man im Winter trockenen Fußes erreichen und aus der Nähe betrachten. Links und rechts erhoben sich die Felsmassive, majestätische Gipfel, denen man nur durch die urzeitliche Aufschüttung des Hochtals näher gekommen war.

Die Sonne stand direkt über dem See. Wenn sie noch ein Weilchen weitergingen, würden sie sehen, wie sie rot zwischen den Bergen versank. Dann würde es empfindlich kalt werden, oft kam Wind auf und trieb den Schnee über die weite Fläche des Sees.

Der kleine Max ging Hand in Hand mit dem großen Max. Manchmal nahm der große den kleinen Max auf die Schultern, aber nur, wenn der Kleine müde war.

Marisa schwieg. Sie liebte die klare, scharfe Winterluft. Die war wie Glas, so durchsichtig und schneidend. Sie drang beim Sprechen tief in die Lungen und schmerzte ein wenig. Vor dem kleinen Max wollte sie nicht über ihre Sorgen sprechen, nicht über die Wohnung, nicht über Michael und erst recht nicht über ihre Angst, die Arbeit zu verlieren. Nicht, dass sie dem kleinen Max etwas vormachte, wenn es ihr schlecht ging, aber man musste ja nicht vor ihm erörtern, was er sowieso nicht verstand. Marisa blickte zu den gewaltigen Bergen hinüber. Die Landschaft war einfach zu überwältigend, um überhaupt zu reden. Das wäre gewesen, als sei man unaufmerksam und undankbar für dieses Geschenk, das die Natur dem Menschen machte. Und wurde nicht alles unbedeutend vor dieser mächtigen Kulisse, die auch etwas Gelassenes, Ewiges hatte? Was waren ihre Sorgen dagegen? Sie versuchte, mit der Luft, die sie einatmete, etwas von der Größe und Unerschütterlichkeit dieser Welt in sich aufzunehmen.

Ja, dieser Ort hatte etwas Unerschütterliches – so wie eine Rose etwas Unerschütterliches hat, die im Winter blüht.

Der große Max sah in den Spiegel. Er rasierte sich. Sein Gesicht hatte schon von dem kurzen Spaziergang Farbe angenommen. Ein paar Tage Sonne und frische Luft, und er würde wettergegerbt aussehen wie ein alter Seemann, der sich der Philosophie und Montaigne zugewendet hatte.

Eine Nassrasur ist das einzig Wahre, dachte er, blies die Backe auf, bewegte den Mund hin und her und hörte dem schabenden Geräusch der Klinge zu, die über die Haut fuhr und mit dem Rasierschaum die Stoppeln einsammelte.

Eigentlich sind die Dinge ganz einfach. Sie müssen nur geordnet werden. Ordnung ist das halbe Leben. Nur nicht dieser Schmus von Sich-fallen-lassen, Nachspüren und dann stundenlang Ausdiskutieren. Wenn man sich daran hält, wie die Dinge wirklich sind, kann man auch sehen, wie man sie haben will.

Er fuhr mit der flachen Hand über Wangen und Kinn. Nicht schlecht. Dann klopfte er etwas Aftershave darüber, gurgelte mit Mundwasser und spuckte aus.

Und wie liegen die Dinge bei *mir*? Wie würde ich mein Leben gern haben? Gern haben.

Er spürte, wie er ärgerlich wurde. ›Das Leben gern haben. Unsinn. Wo kämen wir da hin? Und noch dazu das eigene?‹

Er fuhr sich mit dem Kamm sorgfältig über den Kopf. Aber die Wirbel und Büschel kümmerte das nicht.

Es gibt leichte und schwere Sachen, dachte Marisa. Sie stand vor dem großen Wandspiegel und betrachtete sich in dem kleinen Schwarzen aus leichter Wolle, das sich knitterfrei in jeder Reisetasche unterbringen ließ und in jede Umgebung passte. Sie hatte die Haare hochgesteckt und es an nichts fehlen lassen, weil sie heute alle Zeit der Welt hatten. Make-up, Puder, Wimperntusche …

Am Nachmittag, nach dem Spaziergang, hatten Max und Marisa in der großen Hotelhalle Tee getrunken.

Der kleine Max wollte ausnahmsweise mal im Zimmer fernsehen und war für längere Zeit verschwunden.

Da endlich hatte Marisa dem großen Max alles erzählt, was sie beschäftigte. Warum sie so lange gezögert hatte, die Wohnungsangelegenheit zu klären. Dass sie am Freitagmorgen bei der Hausverwaltung gewesen war und alles gut gegangen war, außer dass sie, wie es nicht anders zu erwarten war, eine Unterschrift von Michael und sein Einverständnis brauchte.

Wie es bei der Zeitung aussah, was Müllerschön gesagt hatte und warum sie glaubte, dass die Kündigung sie treffen würde.

Max war ein guter Zuhörer. Er hatte sie nur unterbrochen, wenn er etwas genauer wissen wollte, kniff sich mit Daumen und Zeigefinger in die Wange, wenn er sich besonders konzentrierte, und begann schon über Lösungen nachzudenken, ohne den Faden zu verlieren und weniger aufmerksam zuzuhören.

»Gut«, hatte er gesagt. »Jetzt weiß ich, was dir im Kopf herumgeht. Nach dem Essen, wenn Max im Bett ist, sehen wir weiter.«

»Mama, du siehst ja schon aus wie an Weihnachten. Jetzt fehlen nur noch die Geschenke.« Max stand an der Badezimmertür und strahlte sie an.

»Ach, die Geschenke kommen doch nicht nur zu Weihnachten! Ich finde, das Wochenende hier ist ein super Geschenk.«

»Aber die richtig großen Geschenke kommen zu Weihnachten. Das Fahrrad zum Beispiel, das ich mir wünsche …«

Marisa hockte sich vor Max hin, nahm ihn in die Arme und drückte ihn ganz fest an sich.

Auch der kleine Max wollte sich für das Abendessen schön machen und unbedingt den Känguru-Pulli anziehen, den Tante Linda aus Australien geschickt hatte.

Er besah sich im Spiegel und wurde nachdenklich.

»Den Beutel, in dem das kleine Känguru sitzt, haben nur die Känguru-Mütter, oder?«

Er zeigte auf die Känguru-Mutter mit ihrem Baby auf seiner Brust.

»Hm. Ja«, antwortete Marisa.

»Aber der Vater kümmert sich auch um das Baby. Auch wenn er keinen Beutel hat. Eigentlich müsste hinten auf dem Pullover noch ein Bild vom Känguru-Vater sein.«

»Da hast du wohl Recht«, sagte Marisa lächelnd.

Der Speisesaal war festlich erleuchtet. Es war ein wirklicher Saal – viele Meter hoch, mit einer langen Front hoher Fenster, die mit roten Vorhängen dekoriert waren. Auf der Seite gegenüber schwang sich eine Empore in den Raum hinaus, darauf stand ein weißer Flügel mit Rokokoverzierungen. Die beiden Breitseiten des Saales waren mit Gemälden verziert, und der ganze Raum, den weiße Stucksäulen unterteilten, erstrahlte in Weiß und Zartgelb. Von der Stuckdecke hingen große Lüster.

Der kleine Max sah ehrfürchtig zu ihnen auf, als sie den Saal betraten, und mit zur Decke gerichtetem Blick folgte er Marisa und dem großen Max an den weiß gedeckten runden Tisch mit den vielen Gläsern und Bestecken, an den der Chef de Service sie führte, nachdem er in einem großen

Buch nachgesehen hatte, welcher Tisch für sie vorgesehen war. Er schob für Marisa den Stuhl zurück, die sich wie eine Gräfin darauf niederließ. Das gefiel dem kleinen Max und dem großen Max auch. Dann kam der große Max gleich zur wichtigsten Frage:

»Darf ich hier rauchen?«

»Ja«, antwortete Marisa, »ich habe gleich bei der Reservierung gesagt, dass wir einen Rauchertisch brauchen. Und hier kann sich der Rauch ja fast bis zum Himmel verziehen.«

Der kleine Max hatte inzwischen die Empore mit dem weißen Flügel entdeckt. Er war ganz aufgeregt bei dem Gedanken, wie ein Glockenkonzert hier klingen würde. Unruhig zappelte er mit den Beinen.

»Max, Schätzchen, ich werde mit dem Chef hier sprechen. Vielleicht darfst du morgen, wenn die Frühstückszeit vorbei ist, mal dort oben spielen?«

Die Augen des kleinen Max glänzten, er nickte bedächtig, und der große Max sah den kleinen schon im schwarzen Frack dort oben sitzen und ein furioses Liszt-Konzert spielen.

»Nee«, schüttelte der kleine Max zu dieser Vorstellung den Kopf.

»Warum nicht?«, fragte der große Max. »Man muss immer große Träume haben und große Ziele. Sonst bleibt das ganze Leben ein unbedeutender Kleinkram.«

Und als wollte der Himmel seine Worte unterstreichen, erschien auf der Empore ein glatzköpfiger Herr im schwarzen Frack, nahm auf dem Klavierschemel Platz und spielte einen Chopin-Walzer.

Der große Max blickte zufrieden und zog an seiner Zigarette, deren Asche schon wieder einen bedenklichen Bogen bildete. Der kleine Max war fasziniert, er hatte nicht nur glänzende Augen, sondern auch rote Backen bekommen, und der große Max sagte mit sonorer Stimme:

»Das kriegst du auch bald hin.«

Der Hoteldirektor ging von Tisch zu Tisch und begrüßte die Gäste. Er erkundigte sich, ob Max und Marisa eine gute Reise gehabt hatten, und sagte dann, zum kleinen Max gewendet:

»Du freust dich sicher, mit deinem Großvater in den Ferien zu sein?«

»Das ist nicht mein Opa. Das ist der große Max«, antwortete Max ernsthaft.

»Ah ja«, lächelte der Hoteldirektor verlegen und wünschte, schon auf dem Rückzug, einen schönen Abend.

Der Kellner brachte die Vorspeise. Grüne Winterblattsalate mit kalter Fasanenbrust und Himbeeressig. Der große Max, dem das Essen nicht wirklich wichtig war, weil es ihn am Rauchen hinderte, der es aber liebte, wenn die Speisen schön angerichtet und von guter Qualität waren, murmelte kurz etwas von sonderbarer Experimentierlust bei der Zubereitung von Essig, ging aber dann entschlossen ans Werk.

Marisa genoss die Möglichkeit, glücklich zu sein, und wäre das auch bei Estragon-Essig oder Balsamico gewesen.

Und der kleine Max aß gar nicht, weil er immer wieder zur Empore gucken musste, wo noch der Bar-Pianist die Gäste unterhielt.

Der große Max, der seinem Salat schnell den Garaus gemacht hatte, zündete sich eine neue Zigarette an – bei aller Höflichkeit, die er sonst an den Tag legen konnte, gelang es ihm nicht zu warten, bis die anderen aufgegessen hatten. Aber da er fast immer allein und für sich war, kam das ja selten vor.

Der Kellner brachte eine klare Entenbrühe mit Morchelklößchen. Da der Pianist eine Pause machte, konnte auch der kleine Max endlich essen. Abgesehen davon, dass die Suppe sehr heiß war, konnten sich alle darauf einigen, dass sie wunderbar schmeckte. Der kleine Max hatte keine Scheu, neue Gerichte auszuprobieren, weil er wusste, dass er nicht aufessen musste, was ihm nicht schmeckte. Und das hier schmeckte ihm.

Der große Max liebte Suppen, steckte aber vorsichtshalber die weiße Stoffserviette in seinen stets offenen Hemdkragen, damit er sich dem Genuss gefahrlos hingeben konnte. Und Marisa machte sich nicht viel aus Suppen, fand diese aber köstlich, zumal sie sie nicht hatte selber kochen müssen.

Dann folgte auch schon das rosa gebratene Lammkarree mit dem Kartoffelgratin und den grünen Bohnen.

Und während der große Max und Marisa, weil sie Rotwein tranken, auch noch den Käse nahmen, bevor das süße

Dessert kam, drehte der kleine Max seinen Stuhl in die andere Richtung, denn der Pianist hatte die Empore wieder betreten und zu spielen begonnen.

Hin- und hergerissen zwischen dem Eisbecher, den der Kellner vor ihn hinstellte, und dem Konzert dort oben auf der Empore, entschied er sich schließlich für den Eisbecher.

Dann saß er ganz still da. Er war todmüde. Das Essen und der Pianist im Frack hatten ihm nach der Höhenluft den Rest gegeben, und zu Hause war er um diese Zeit sowieso schon im Bett. Deshalb sträubte er sich nicht groß, als Marisa ihn ins Bett brachte. Er verzichtete auf Singen, Vorlesen oder Ähnliches und machte einfach die Augen zu. Eine Minute später war er eingeschlafen.

Max saß in einem der tiefen Sessel in der Nähe des Kamins. Die Plätze direkt vor dem Feuer waren für Nichtraucher reserviert. Marisa gab ihm einen Kuss und setzte sich zu ihm. Max summte leise vor sich hin und sagte dann:

»Noch besser wäre eine American Bar. Und Ray Charles könnte ›Yesterday‹ singen oder ›Georgia on my Mind‹. Wir würden tanzen. Draußen wäre es eine klare Nacht, und wir würden mit hochgeschlagenem Mantelkragen unter dem Sternenhimmel durch die Straßen laufen. Was möchtest du trinken?«

Marisa lächelte. Eigentlich war der große Max genauso romantisch wie sie. Er zeigte es nur selten. Vielleicht hüten die Männer ihre romantische Seele besser, weil sie noch romantischer sind als die Frauen, dachte sie.

»Ich nehme noch ein Glas Rotwein. Geht es dir gut?«

»Ja. Es gefällt mir hier mit euch. Und ich habe versucht, die verschiedenen Dinge mal auseinander zu nehmen. Willst du hören, was ich meine?«

»Ja, natürlich, du weißt doch, wie viel ich auf deinen Rat gebe.«

Der Kellner brachte den Rotwein. Die Lobby war kaum besetzt, um diese Zeit kamen nicht viele Gäste in die Berge hinauf, die Saison setzte erst zu Weihnachten und Neujahr ein, wenn die Winterferien begannen.

»Komm, es ist so leer. Wir setzen uns einfach vor das Feuer. Ich sehe gern ins Feuer, es hat so was Beruhigendes, findest du nicht?«, sagte Marisa, und sie zogen unter den wohlwollenden Blicken des Barkeepers um. Max zündete sich eine Zigarette an, bevor er zu reden begann. »Fangen wir mit deiner Ehe an. Oder was mal deine Ehe war. Michael ist nicht gut für dich. Ich hab den Kerl nie gesehen, vielleicht ist er ganz in Ordnung. Ich sage gar nichts Schlechtes über ihn. Aber er ist nichts für *dich*. Weil er sich nicht entscheiden kann. Weil er nicht weiß, was er will. Ob er dich will, ob er Max will. Was er sonst will. Weil er, wie du mal erzählt hast, schon nicht wusste, ob er ein Kind mit dir will. Weil er nicht weiß, was du brauchst. Jemand, der dich liebt, weiß, was du brauchst. Du brauchst Zuverlässigkeit. Klarheit. Jemanden, auf den du bauen kannst wie auf Fels. Weil du selbst keinen Boden unter den Füßen hast.« Er schwieg einen Moment, ließ seine Worte verklingen, bevor er fortfuhr: »Niemand kann für ein ganzes Leben eine Garantie abgeben. Man kann und soll nicht mit Gewalt zementieren, was aus welchen Gründen auch immer auseinander bricht oder über lange Zeit auseinander driftet. Die Dinge und das Leben nehmen ihren eigenen Lauf. Kein Mensch kann dir versprechen, für immer bei dir zu bleiben. Aber ein Mann, wie du ihn brauchst, muss grundsätzlich zuverlässig sein. In allem, was er tut. Für dich ist die Welt im Tiefsten eine unzuverlässige Welt. Und das ist sie auch. Aber du hast diese Erfahrung schon sehr früh gemacht. Vater weg, Mutter weg, Boden weg. Auf wen ist Verlass? Kann dich irgendjemand auf der Welt lieben, wenn dich die eigene Mutter verlässt?« Marisa spürte, wie ihr kalt wurde. Fast so kalt wie damals, als sie im Winter auf einer Bank saß und nicht mehr weiterwusste. »Und was soll ich machen?«, sagte sie leise.

»Marisa, glaub mir – jeder Mensch hat seine Abgründe. Auch für andere hat der Boden, der sie trägt, Sümpfe, Moore, Spalten, Abgründe, Bombentrichter, Minenfelder.« Er lächelte. »Schlag dir diesen Michael endgültig aus dem Kopf. Und such dir einen Kerl, der etwas bodenständig ist.«

»Und was ist mit Max?«

»Ich denke viel über Max nach. Natürlich versteht er nicht, warum seine Eltern nicht mehr zusammen sind. Wie du es damals nicht verstanden hast. Und ich sehe, wie viel Sehnsucht er nach einem Vater hat. Das ist etwas, was du nie vergessen darfst. Ich meine nicht, dass du versuchen sollst, ihm den Vater zu ersetzen, das kannst du nicht. Du sollst nur nicht vergessen, dass er diese Sehnsucht hat.«

Max zog an seiner Zigarette und stieß den Rauch aus, bevor er weitersprach.

»Und nun zu dir.«

Marisa sah ihn fragend an.

»Als ich dich kennen lernte, warst du Journalistin. Du schriebst gute Reportagen. Du hast einen Preis gewonnen. Jetzt bist du in der Anzeigenabteilung der gleichen Zeitung. Weil du die Arbeit unterbrochen hast, als Max kam. Das mag gut oder schlecht gewesen sein – du hast dich damals so entschieden. Es ist, wie es ist. Aber warum glaubst du nicht mehr an dich selbst? Daran, dass du was kannst, was spannender und erfüllender ist, als Anzeigen zu verwalten? Viele Journalisten sind zurzeit arbeitslos, verlieren ihre festen Stellen und müssen als Freie arbeiten. Das ist hart. Das ist schwierig. Aber warum denkst du von vornherein, dass du das nicht kannst? Du hast es ja noch gar nicht probiert. Aber dass dir gekündigt wird, das weißt du schon.« Er sah sie eindringlich an. »Ich bin ein alter Hase in dem Gewerbe. Gut – Radio ist nicht Zeitung, und früher ist nicht heute. Und ich bin fast doppelt so alt wie du. Aber eines sage ich dir: Angst ist ein schlechter Ratgeber, und ehe du nicht etwas versuchst, weißt du nicht, ob du scheiterst. Mach eine Reportage. Über etwas, wovon du Ahnung hast. Darüber, wovon Kinder mit sechs träumen. Wie Frauen sich fühlen, die vor der Kündigung stehen. Oder was weiß ich. Und dann sehen wir weiter. Wir bringen es irgendwo unter, da gebe ich dir mein Wort.«

Er machte eine kleine Pause.

»Nachdem ich es korrigiert habe, versteht sich.«

Marisa lachte und merkte, wie ihr die Tränen in die Augen stiegen. Max, der immer ein Stofftaschentuch dabeihatte, was Marisa ein Gefühl von völliger Geborgenheit gab, zog es hervor und drückte es ihr mit seiner Pranke ungeschickt, aber sanft auf die Augen.

»Hier. Mach das mal selbst. Ich verwische noch deine ganze Malerei.«

Marisas Kiefer zitterte verdächtig nach diesem langen Vortrag, aber Max war noch nicht am Ende seiner Rede.

»Wenn ich zwanzig Jahre jünger wäre, würde ich gern der Mann an deiner Seite sein.«

Marisa drückte das Taschentuch gegen ihren Mund, um die Schluchzer zu unterdrücken. Max wartete, bis ihr Schluchzen allmählich aufgehört hatte. Und seine Stimme klang merkwürdig heiser, als er sagte: »Glaube mir, das wäre nur die zweitbeste Lösung.«

Die Pferde standen ganz ruhig. Der Kutscher hatte ihnen Decken übergeworfen, saß auf einem Mäuerchen und unterhielt sich mit ein paar anderen Männern aus dem Dorf. Die Sonne schien auch an diesem Morgen, von Süden her zogen ein paar Schleierwolken auf. Der kleine Max fragte den Kutscher, ob er die Pferde streicheln dürfe, der hatte nichts dagegen und zeigte ihm, wie man das am besten macht.

»Ja, wir fahren mit dem Schlitten. Ja, ja, wir fahren Pferdeschlitten …«, jubelte Max, und die zwei Braunen wendeten irritiert den Kopf ab.

»Dann komm schon«, sagte der große Max, der den Preis ausgehandelt hatte, und stieg in den Schlitten. Sie nahmen den kleinen Max in die Mitte, und der Kutscher packte sie warm in Lammfelldecken und Wolldecken ein, ehe er auf den Kutschbock stieg, mit der Peitsche knallte und die Glöckchen am Geschirr zu bimmeln anfingen.

Die Sonne ließ Schnee von den Zweigen der großen Tannen rieseln. Es sah aus wie ein Sprühregen von Edelsteinen. Unter den vielen Decken fasste der kleine Max die Hand vom großen Max und von Marisa. Die Pferde hätten für ihn immer so weitertraben können, weiter und weiter. Sie nickten mit dem Kopf und begannen zu schwitzen, denn der Weg führte zunächst ziemlich steil in ein stilles Seitental hinauf, bis der Schlitten dort oben sanft dahinglitt. Sie begegneten kaum jemandem, die Hunde vor den Höfen bellten nicht, sie kannten die Pferdeschlitten zur Genüge. Fast am Ende des Tals stand ein Gasthaus. Dort tranken sie heiße Schokolade und versprachen sich gegenseitig, bald wieder hierher zu fahren.

Die Heimfahrt verlief ziemlich still. Nur die Aussicht, dass zu Hause vielleicht die Katze vor der Tür wartete, tröstete den kleinen Max über den Abschied vom Schnee hinweg. Marisa dachte nach. Der große Max hatte eine ziemliche Ladung zu ihr herübergeschoben. Sie sah zärtlich auf sein Gesicht, das zur Seite geneigt war. Er war eingenickt, das sah man, obwohl er die Sonnenbrille aufhatte.

Auch der kleine Max war müde. Marisa beobachtete ihn

besorgt. Er hatte fleckig rote Wangen und lehnte klein und schlaff im Polster, seinen Teddy im Arm.

Sie legte ihm die Hand auf die Stirn. Die Stirn war heiß. Sie befühlte die Mandeln, die leicht geschwollen waren.

»Max, mein Schatz, du musst viel trinken. Ich glaube, der Hals ist nicht so prima. Hoffentlich kriegen wir es ohne Angina hin.« Sie zog ihn in ihre Arme und hielt ihn im Arm, damit er einschlafen konnte. Aber erst musste er einen Apfelsaft trinken. Ich muss dringend mit Kaspar sprechen, dachte sie. Ich darf das nicht aufschieben. Sie würde den Arzt in den nächsten Tagen anrufen, wenn sie ihn nicht zufällig im Kindergarten traf.

Die meisten Eltern der Kinder, die den Kindergarten besuchten, kannten sich gut. Man sah sich immer wieder, weil die Eltern verschiedene Arbeiten im Kindergarten übernahmen.

Marisa mochte Kaspar. Er hatte etwas Besonnenes und gleichzeitig etwas Kindliches, was ihn leicht Kontakt zu den Kindern finden ließ, die er als Arzt und Therapeut behandelte. Seine Besonnenheit und Ruhe waren dafür eher das, was die Eltern an ihm schätzten, wenn sie sich Sorgen um ihre Kinder machten.

Sie selbst brauchte seinen Rat ebenso sehr wie Max seine Hilfe.

Es war schon lange dunkel, als sie nach Hause kamen. Die Katze war nicht zu sehen, und der kleine Max war enttäuscht. Aber er sträubte sich nicht, als Marisa ihn ins Bett brachte.

»Du bist doch Weihnachten da?«, fragte er den großen Max noch beim Gute-Nacht-Sagen. Aber die Antwort wartete er nicht mehr ab. Er drehte sich, den Teddy im Arm, zur Seite, und die Augen fielen ihm zu.

»Kaspar! Wie gut, dass ich dich hier treffe!«, rief Marisa, als sie den Kinderarzt in der Garderobe sah, wo die Kleinen ihre Mäntel aufhängten und ihre Hausschuhe anzogen. Er gab gerade seinen beiden Töchtern Claudia und Nina einen Kuss und wollte gehen.

»Marisa, hallo!«

Max, ein bisschen langsamer als sonst, verschwand mit Claudia und Nina. Marisa sah ihm nach.

»Ich brauche mal einen Rat von dir, Kaspar, wegen Max. Du weißt ja, dass Michael schon seit anderthalb Jahren bei uns ausgezogen ist. Seitdem hat Max eine Angina nach der andern. Es ist beängstigend. Er kann doch nicht immerzu Antibiotika schlucken. Aber mit dem Operieren überlegt man es sich ja auch …« Sie sah ihn zweifelnd an.

»Am Sonntag fing es wieder an, gestern war es so lala, heute ist es besser. Das Problem ist natürlich auch meine Arbeit. Ich kann nicht dauernd fehlen. Ich kann ihn aber mit Angina auch nicht hierher bringen.«

»Wollt ihr nächsten Sonntag mal vorbeikommen? Dann können wir in Ruhe darüber reden, ich muss jetzt nämlich in die Praxis.«

»Max ist am Wochenende bei Michael.«

»Na, macht nichts, dann kommt doch morgen Abend zum Abendessen. Es gibt nichts Besonderes, Maja kommt in der Woche auch zu nichts, aber dann kann ich mir Max kurz in der Praxis ansehen, bevor wir essen.«

Marisa nickte erleichtert. Die Aussicht auf ein Gespräch mit Kaspar tröstete sie, ganz gleich, was er sagen würde.

Plötzlich war kein Durchkommen mehr. Eine Traube von Menschen hatte sich gebildet, mehrere Straßenbahnen standen hintereinander und kamen nicht weiter. In einer davon saß Marisa. Die Fahrgäste warteten die Durchsage der Leitstelle gar nicht erst ab – es war offensichtlich, dass alle aussteigen und zu Fuß weitermussten. Und bis jetzt Busse zum Einsatz kommen würden …

Marisa biss sich auf die Lippen. Sie war eh schon spät dran, weil sie noch mit Kaspar gesprochen hatte, und jetzt das. Sie hasste das neugierige Volk, diese Gaffer, die nur alles behinderten. Aber sie musste genau in die Richtung und da durch. Es hatte einen Unfall gegeben. Die Polizei war da und ein Krankenwagen, eine Bahre wurde in den Wagen gehoben, der Notarzt gab Anweisungen. Die Leute waren erregt und redeten über das, was geschehen war.

»Der Fahrer konnte nichts machen. Ich habe gehört, wie er noch wie verrückt klingelte …«, sagte eine Frau mit Kinderwagen.

»Dass die alten Leute aber auch nicht gucken, wenn sie über die Straße gehen. Sie muss einfach losgelaufen sein, ohne nach rechts oder links zu sehen«, sagte ein Mann mittleren Alters.

»Sie ist tot. Ich glaube, sie ist tot. Es sah schrecklich aus. Sie ist direkt vor die Straßenbahn gelaufen. Ich bin sicher, sie ist tot«, sagte ein junger Mann. Er wiederholte immer denselben Satz, offenbar hatte er mit angesehen, wie es passiert war, und stand unter Schock.

Marisas Herz klopfte heftig, als sie weiterhastete. Max! Sie musste den großen Max anrufen, einfach um sicher zu sein, dass er lebte. Dass ihm nichts geschehen war. Sie wollte sicher sein, dass er an seinem riesigen Schreibtisch saß und rauchte und Kaffee dazu trank. Und die Zeitung las. Sie suchte verzweifelt nach ihrem Handy, das an den hintersten, untersten Platz in ihrer Handtasche gerutscht war, in der sie die Hälfte ihres Haushalts herumtrug – Schirm, Notizbücher, Planer, Brille, Hustenbonbons, Zartbitterschokolade, Lippenstift, Puder, Schlüssel, alte Briefe, Büroklammern, Kugelschreiber …

Endlich hatte sie das Telefon herausgefischt und wählte die Nummer vom großen Max.

»Hallo! Hallo!«, Max bellte ungehalten über die morgendliche Störung ins Telefon.

»Max, ich bin's, Marisa! Geht es dir gut? Was machst du?«

»Sag mal, was ist denn jetzt los? Wie soll es mir gehen? Ich lese Zeitung und trinke Kaffee, und was soll sonst sein?«

»Schon gut«, sagte Marisa leise, »ich wollte nur wissen, ob alles in Ordnung ist. Hier ist gerade eine alte Frau von der Straßenbahn überfahren worden, und da hab ich Panik bekommen und dachte, ich muss gleich wissen, dass es dir gut geht, dass alles in Ordnung ist ...«

»Marisa, nun geh mal schön arbeiten. Gleich gehe ich in die Stadt, und die Straßenbahn wird mich nicht kriegen, ich verspreche es dir.«

Sabine war ungehalten.

»Marisa, du kommst spät!«, sagte sie, als Marisa ihren Mantel auszog und mit den Fingern durch die Haare fuhr, die durch das Stirnband zusammengedrückt worden waren.

»Ich bin in einen Unfall geraten. Eine alte Frau ist vor die Straßenbahn gerannt«, sagte Marisa, die keine Lust zu großen Erklärungen hatte. Auch sie war schlechter Laune.

»Um zehn ist Mitarbeiterversammlung. Die haben es wirklich eilig«, spottete Sabine.

»Na, besser informiert zu werden, als immer nur Vermutungen zu haben«, meinte Marisa. »Immer nur Gerüchte. Angst. Mutmaßungen. Schlechte Stimmung. Mir ist es lieber, wenn sie einem so schnell wie möglich reinen Wein einschenken. Dann kann man sich auf die Tatsachen wenigstens einstellen. Die andauernde Angst, es könnte mich treffen, macht mich fertig. Das ist wie ein Zittern, das leise anfängt und sich allmählich im ganzen Körper ausbreitet. Auch wenn ich nicht daran denke, ist die Angst da. Aber ich kann auch nicht über die Zukunft nachdenken, solange ich nicht rausgeflogen bin. Ich kann nicht über das Jetzt hinausdenken. Nur immer: Wird es mich treffen?« Sie setzte sich an ihren Schreibtisch.

»Mir ist es recht, wenn sie heute die Versammlung machen. Sie werden da eh noch keine Einzelheiten bekannt geben.«

Entschlossen wandte sie sich ihrer Arbeit zu.

Sabine sagte nichts mehr.

»Doch, du kommst auch mit zum Essen! Wir gehen zum Thai und verwöhnen uns heute. Und du kommst mit.«

Sabine hatte entschieden. Widerspruch war zwecklos. Zu siebt verließen sie das Zeitungsgebäude, um den großen runden Tisch in dem nahe liegenden Thai-Restaurant zu besetzen.

»Hast du reserviert?«, fragte der Kollege Paul von der Redaktion.

»Ja, natürlich. Gleich als ich erfahren habe, dass heute die Mitarbeiterversammlung stattfindet. Da habe ich schon mal vorsorglich den großen Tisch reservieren lassen. Da kann man sich noch zu zehnt dranquetschen, wenn es sein muss.« Sabine hielt die Truppe zusammen.

Teils waren sie gute Arbeitskollegen, teils gab es auch privat Kontakte. Sabine, die schon so lange dabei war, war mit fast allen, die sich hie und da zum Mittagessen trafen, befreundet. Marisas Freundinnen waren nicht mehr bei der Zeitung oder nie da gewesen. Manchmal hatte Marisa Sehnsucht nach Tina, ihrer besten Freundin. Aber die war mit ihrem Mann nach Paris gezogen, der dort irgendeine Superstelle angenommen hatte. Ich komme wieder, sagte Tina immer. Es ist nur für zwei Jahre.

Ein Wochenendbesuch in Paris, das war schön, aber so zwischendurch, da fehlten sie sich schrecklich. Früher hatten sie sich jede Woche gesehen. Sie dachte wehmütig an Tina und ihre ewigen Gespräche über alles und jedes.

Aber nachher würde sie gleich Carla anrufen und fragen, ob sie Zeit hätte, zu ihr zum Abendessen zu kommen oder auf einen Schwatz nach dem Essen, und Lily würde sie auch anrufen und ... Es war eindeutig: Heute brauchte sie Freundinnen. Ihre Freundinnen. Ganz dringend. Obwohl die alle immer unheimlich beschäftigt waren – abends lange arbeiteten, auf Dienstreise waren, zu Hause für ihre Männer Lasagne kochten, um den Ehefrieden zu fördern, oder ihre eigenen Kinder ins Bett brachten.

Marisa bestellte ein rotes Thai-Curry mit Rindfleisch und ein Pils.

»Die waren doch blass da oben auf dem Podest. Ein unangenehmer Job. Möchte ich nicht machen müssen«, sagte Anja.

»Aber wie die sich den Ball gegenseitig zugeschoben haben«, sagte Paul, »irgendwie sollten doch die Manager auch lernen, unangenehme Nachrichten zu überbringen.«

»Ich finde, der Betriebsrat hätte mehr dazu sagen müssen«, sagte Simon.

Alle hatten eine eigene Meinung zum Auftritt der Geschäftsführung, die betont hatte, dass der Betriebsrat rechtzeitig informiert und einbezogen worden sei und dass man sich bemühen würde, Härtefälle zu vermeiden. Kündigungen seien aber unvermeidlich, und insgesamt sollten zehn Prozent der Stellen eingespart werden, verteilt auf die verschiedenen Bereiche und Abteilungen. Nicht alle Abteilungen würde es gleich hart treffen, aber verschont bliebe keine.

Es waren auch Zahlen in den Raum gestellt worden. Zahlen, wie viele Stellen man hoffte abbauen zu können durch Frühpensionierung und »natürliche Abgänge«, nun, und dann blieb noch die Notwendigkeit, trotzdem verschiedenen Mitarbeitern zu kündigen, um die Kosten wieder in den Griff zu bekommen und die Zukunft der Zeitung zu garantieren.

Eigentlich wusste Marisa nicht mehr als vorher. Aber die Anzeichen verdichteten sich, dass sie betroffen sein würde.

Komisch, dachte sie. Das Curry schmeckt trotzdem super. Man kann sich eben nicht ununterbrochen Sorgen machen. Das hält der Mensch nicht aus. Sie bestellte sich noch ein Pils und prostete sich im Stillen selber zu.

Carla hatte keine Lust, Trübsal zu blasen und Marisas Ängste im Gespräch sorgfältig und hingebungsvoll zu vertiefen. Sie hatte selbst keine Kinder, hielt ihren Freund auf einer gewissen Distanz – »einer gewissen, nur einer gewissen!«, pflegte sie zu sagen – und unternahm deshalb ganz gern etwas mit Kindern.

»Hol Max vom Kindergarten ab, und wir treffen uns dann kurz nach sechs in der Stadt. Es gastiert doch dieser kleine, nette Zirkus. Ich liebe Zirkus, und Max doch auch, glaube ich. Und dich lenkt es ab. Ich bestelle Karten, und ich bringe auch ein Kissen für Max mit, damit er höher sitzt, und für dich einen Katalog von den Südseeinseln, für deine nächsten Ferien. Da kannst du drin lesen, wenn du trübe Stimmung hast.«

Carla arbeitete in einem Reisebüro.

»Abgemacht«, sagte Marisa. »Treffen wir uns gleich vor dem Zirkus.«

Sie puderte sich die Nase, fand ein paar Ohrclips im Fundus ihrer Handtasche und entschied sich für den roten und nicht für den zartrosa Lippenstift.

»Marisa«, sagte sie zu ihrem Spiegelbild im Vorraum der Toilette, ehe sie das Büro verließ, »Marisa, das Leben ist, wie es ist. Ziemlich merkwürdig, oft beschissen, ganz und gar ungerecht und ab und zu ganz erstaunlich schön.«

Carla hatte Wort gehalten. Sie hatte nicht nur ein Kissen unter dem Arm, sondern auch einen ganzen Stapel von Ferienkatalogen dabei. Von den Bergen Neuseelands über die Pyramiden in Ägypten, die Geysire in Island bis hin nach Patagonien – alles war vertreten.

»Hier, damit dein Leben wieder bunter und abenteuerlicher wird«, sagte Carla. »Aber tragen darfst du die Tüte, bitte, das wiegt eine Menge.«

Max mochte Carla. Wenn sie da war, durfte er alles, was

er sonst weniger durfte: lange aufbleiben, Hamburger, Pommes und Popcorn essen, Wundereier kaufen. Heute entschieden sie sich für Popcorn.

Der Platz, auf dem der Zirkus sein rotes, mit goldenen Sternen bemaltes Zelt aufgeschlagen hatte, war einer der schönsten in der Stadt. Durch die kahlen Baumkronen funkelten die wirklichen Sterne, es war ein ganz klarer, trockener Tag gewesen.

Carla hatte die Eintrittskarten schon abgeholt, der Clown riss eine Ecke davon ab und ließ sie mit einer weit ausholenden Geste ins Zelt eintreten. Es roch nach Manege, samtrote Portieren verdeckten den Künstlereingang, über dem das kleine Orchester mit den roten Uniformen und goldenen Tressen spielen würde. Die ersten Musiker waren schon da und übten ein paar Töne, um sich einzuspielen.

Langsam füllte sich das Zelt, und Max, der schon vorsorglich auf seinem Kissen saß, obwohl vor ihm noch gar niemand Platz genommen hatte, wurde immer aufgeregter.

»Du, Tiger und Löwen wie zu Hause in deinem Zirkus gibt es hier nicht«, sagte Marisa. »Dafür ist der Zirkus zu klein. Ich sag das nur, damit du nicht enttäuscht bist und die ganze Zeit darauf wartest.«

»Ja, ja. Schon gut.« Max hatte den riesigen Popcornbecher auf seinem Schoß und wäre schon damit zufrieden gewesen.

Vor ihnen setzten sich drei ältere Frauen hin. Nicht groß, nicht klein, auf jeden Fall aber größer als Max. Er rutschte unruhig auf seinem Kissen hin und her, aber Carla zog kurzerhand die Tüte mit den Katalogen zwischen Marisas Knien hervor und legte sie unter das Kissen. Das gab noch einmal zehn Zentimeter Höhe, und dann setzte die Musik ein, poetisch und romantisch wie die Glockenmusik von Max. Das war gar kein Tschingerassabum, sondern ein Zelt der Träume – verspielt, zärtlich, farbig, melancholisch und voller Charme. Die temperamentvolle Carla wurde ganz andächtig und lächelte still vor sich hin, Marisa ließ sich von Elfen und Nymphen, Kobolden und Faunen, die durch die Manege schwebten, in einen dionysischen Garten entführen, wo Seerosen auf stillen Weihern blühten, und Max amüsierte sich am meisten, als die beiden Clowns die Löwendressur nachspielten. Der eine Clown war der Dompteur, der andere der Löwe, ein Löwe, der nicht so wollte wie sein Meister und ihn schließlich so durcheinander brachte und jagte, dass der arme Dompteur unter akrobatischen Höchstleistungen und dem begeisterten Geschrei der Kinder aus der Manege flüchten musste.

Zu Hause empfing sie ein vorwurfsvolles, beleidigtes Miauen. Neben Marisas unvollkommenem Rosenstrauch saß die Katze mit dem ausgefransten Ohr. Ihr Ausdruck war so anklagend, dass nicht nur Max, sondern auch Marisa augenblicklich ein schlechtes Gewissen bekam.

Dann ging ihnen die Katze voraus, als sei es ihre Großzügigkeit, dass sie die beiden mit in die Wohnung ließ, ging als Erstes in die Küche, stellte sich vor den Kühlschrank und erwartete Genugtuung.

Max ergriff die Gelegenheit, um zu sagen:

»Nun siehst du aber wirklich, dass sie bei uns wohnen will. Jetzt kaufen wir die Katzenkiste.«

Marisa streckte die Waffen. Ohne größere Probleme. Sie hätte schon immer gern eine Katze gehabt.

Maja dirigierte die Kinder mit dem Kochlöffel zur Küche hinaus.

»Setz dich zu mir, Marisa. Möchtest du was trinken? Ich muss noch eine Weile in dem Risotto rühren, sonst brennt er an.«

Maja arbeitete stundenweise als Krankenschwester, Kaspar hatte die Praxis gleich in der Wohnung nebenan. Das war praktisch, aber Maja fand, sie wolle nicht auch noch bei ihm in der Praxis helfen. Sie genoss es, ein paar Stunden in der Woche ihr eigenes Berufsleben im Krankenhaus zu haben. Claudia und Nina waren vier und sechs, beide spielten gern mit Max.

Der wurde inzwischen von Kaspar untersucht. Er hielt still und sperrte den Mund auf, sodass Kaspar seine Mandeln inspizieren konnte. Kaspar drückte die Zunge mit einem Holzstäbchen hinunter, Max würgte ein bisschen. Die Mandeln waren geschwollen, aber nicht vereitert.

»Prima«, sagte Kaspar. »Sie sind nicht vereitert. Das ist schon mal gut. Wir sollten jetzt was für dein Immunsystem tun. Früher mussten die Kinder Lebertran trinken, das schmeckte schrecklich. Aber was ich dir gebe, schmeckt ganz okay. Du wirst es mögen. Ich schreib es für die Mama auf. Und du pass auf, dass du immer was Warmes um den Hals hast.« Er schrieb ein Rezept und fragte dann:

»Sollen wir auch mal messen, wie groß du bist und wie viel du wiegst, wenn du schon hier bist?«

Max wollte gemessen und gewogen werden.

»Du bist genau richtig für dein Alter. Du, Max, ich will hier noch ein bisschen am Computer arbeiten, bis das Essen fertig ist. Bleibst du noch einen Moment bei mir? Siehst du den großen Tisch im anderen Zimmer mit dem Sandkasten darauf und die vielen Figürchen? Wenn du willst, kannst du mit ihnen im Sandkasten spielen. Du könntest aber auch am anderen Tisch drüben ein Bild malen. Würdest du das für mich machen?«

Max war einverstanden. Kaspar war einer der nettesten Väter, die er vom Kindergarten her kannte.

Er sah sich in der Praxis um.

In dem einen Zimmer war die Arztpraxis mit dem Untersuchungsbett, Kaspars Schreibtisch, einem Bücher- und einem Medizinschrank.

In der Mitte des anderen Raums stand auf einem riesigen alten Tisch der Sandkasten.

Der feine Sand sah unberührt aus, eine freie Fläche, auf der alles geschehen konnte.

An der einen Wand stand ein großes Regal, voll von Menschenfigürchen, Tierfiguren, Bäumen, Häuschen, Miniaturautos und Eisenbahnen. Da gab es Palmen und kleine

Boote, Dinosaurier und Drachen, Ritter, Könige und Prinzessinnen.

Max strich mit dem Finger über den feinen Sand. Da konnte man toll spielen!

»Du kannst alles, was im Regal ist, zum Spielen im Sandkasten nehmen!«, rief Kaspar aus dem anderen Zimmer herüber, aber Max entschied sich dann, doch lieber ein Bild zu malen.

Er nahm ein Blatt Papier und Farbstifte und fing an zu malen. Kaspar arbeitete ruhig im Nebenzimmer, und für eine halbe Stunde sagte keiner ein Wort.

Majas Risotto war umwerfend. Dazu gab es ein Ratatouille aus Auberginen, Tomaten und Zucchetti, und da die Kinder Auberginen nicht besonders mochten, gab es noch Hackfleischbällchen.

Claudia, Nina und Max alberten herum – die erfolgversprechendste Art, wie man rasch vom Tisch wegkommt – und verschwanden mit Erlaubnis im Kinderzimmer.

»Lass Max doch heute hier schlafen«, schlug Maja vor. »Wir nehmen ihn dann morgen Früh mit in den Kindergarten. Die sind jetzt hundemüde, und bis du ihn heimgeschleppt hast …«

»Ja, das ist doch eine gute Idee«, sagte Kaspar. »Maja bringt die Kinder ins Bett, wir können in der Zeit über Max sprechen, und danach nehmen wir noch einen Schlummertrunk.«

Marisa hatte gar nichts gegen diesen Vorschlag einzuwenden. Im Gegenteil, so hätte sie morgen Früh ein bisschen mehr Zeit, könnte in Ruhe frühstücken und dann ins Büro fahren.

»Geh schon mal ins Wohnzimmer«, sagte Kaspar, »ich hole eben noch das Bild, das Max vorhin gemalt hat.«

Er kam mit dem Bild zurück.

»Ich habe Max kurz untersucht«, sagte er dann und strich sich durch das dichte blonde Haar. Er sah immer noch wie ein schlaksiger großer Junge aus, dabei war er sicher an die vierzig. Beim Lächeln bekam er lang gezogene Grübchen in den Wangen und sah sehr charmant damit aus. Er hatte nach seinem Medizinstudium eine Spezialausbildung für Kinderpsychotherapie in Amerika gemacht und erst geheiratet, als er zurückkam und eine Praxis eröffnete.

»Im Moment sind die Mandeln zwar gereizt, aber nicht vereitert. Ich würde trotzdem eine Operation befürworten, wenn die Abstände zwischen den Infektionen so kurz bleiben, wie sie es in der letzten Zeit waren. Die vielen Antibiotika schwächen den kleinen Körper, und zwar ziemlich. Du weißt, ich rate nicht schnell zu drastischen Schritten, aber das wäre ja auch kein schneller Entschluss – er leidet jetzt schon so lange unter der Angina!«

»Und ich kann es nicht mit ansehen – er verträgt die Antibiotika schlecht, es würgt ihn schon im Hals, wenn er den Löffel mit dem Sirup nur näher kommen sieht.«

Kaspar goss ihr noch einen Schluck Wein ein und ging vom medizinischen zum therapeutischen Teil über.

»Ich habe mir Gedanken gemacht, warum Max die Mandelentzündungen so gehäuft bekommt, seit Michael ausgezogen ist. Das siehst du doch auch so, oder?«

»Ich sehe nur, dass es einen Zusammenhang gibt«, erwiderte Marisa. »Es ist einfach zu auffällig, um nicht etwas miteinander zu tun zu haben. Und natürlich fehlt ihm Michael. Michael hat sich nicht riesig viel mit Max abgegeben, weil er sich nie sicher war, ob er so leben will – mit einer Familie im traditionellen Sinn –, aber sonst hatten die zwei es gut miteinander, das schon.« Sie zuckte hilflos mit den Schultern.

»Außerdem hat Max die ganzen Spannungen vor der Trennung mitgekriegt und dann, dass ich über die Trennung unglücklich war. Er erlebt ja auch, dass ich mich oft ziemlich zusammennehmen muss und noch immer traurig bin …« Marisa schluckte.

Der Arzt sah sie an.

»Ist dir schon mal der Gedanke gekommen, dass Max buchstäblich einen Kloß im Hals hat – mit Mandeln, die so angeschwollen sind, dass er nicht mehr schlucken kann?

Er kann die Situation nicht schlucken – er kann sie ja auch in seinem Alter noch gar nicht verstehen. Seine Trauer sitzt da fest, in seinem Hals. Und wenn du mir die Bemerkung erlaubst: Auch viele ungeweinte Tränen haben sich da angesammelt. Die hält er vielleicht auch deshalb zurück, weil er dich nicht noch trauriger machen möchte.«

Kaspar zog das Bild, das Max vor dem Essen gemalt hatte, zu sich heran und zeigte es Marisa.

Auf dem Papier war ein großes, kugelartiges Gebilde zu sehen, wie ein Mond. Die eine Hälfte dieses Mondes war schwarz, die andere Hälfte war mit einem Regenbogen aus allen Farben gefüllt.

Marisa hielt das Blatt in den Händen und sah darauf nieder. Ihre Augen füllten sich mit Tränen.

»Wie viel ein Bild sagen kann. Viel mehr als Worte. Ja, so ist es: Da ist die dunkle, traurige Seite und daneben gleich die fröhliche, lebendige, glückliche, hoffnungsvolle Seite. So geht es Max, und so geht es auch mir. Ich sehe darin Max, und ich sehe darin mich selbst. So wie ich bin. Auch unabhängig von der augenblicklichen Situation mit Michael. Wie verbunden wir miteinander sind, Max und ich. Darf ich das Bild behalten?«

»Natürlich«, sagte Kaspar und nahm sie kurz in die Arme.

»Du siehst an einem solchen Bild, wie gut Kinder eigentlich ihre Gefühle kennen und dass sie sie auch ausdrücken können – man muss nur aufmerksam sein und gut hinhören. Du siehst daran aber auch, wie gut Kinder ihre Eltern kennen. Am besten fährt man in schwierigen Situationen, wenn man gar nicht erst versucht, ihnen etwas vorzumachen – sie durchschauen einen doch sofort. Und es wird sehr schwierig für Kinder, wenn sie ganz richtig spüren, wie zum Beispiel ihre Mutter sich wirklich fühlt, und man ihnen dann etwas anderes vorspielt: Fröhlichkeit statt Trauer, Geduld statt Ärger und Aggression, Ruhe statt Nervosität. Dann müssen sie glauben, dass ihre Wahrnehmung sie täuscht. Das nimmt ihnen das Vertrauen in sich und ihre Fähigkeit, etwas richtig zu beobachten und zu deuten.« Kaspar lächelte.

»Ich halte dir hier einen ganzen Vortrag, entschuldige! Ich wollte dir nur sagen: Vertraue auf die Kraft, die Max hat. Kinder sind unglaublich stark. Kinder halten fast alles aus, wenn sie spüren: Sie werden geliebt. Sei ehrlich mit Max, und du wirst kein Problem mit ihm haben. Er kann dann auch ehrlich sagen oder zeigen, wie *er* sich fühlt, was *er* braucht und möchte. Er muss einfach merken, immer wieder, dass du ihn lieb hast.

Das ist alles: Sag ihm, zeig ihm, dass du ihn liebst. Dann werdet ihr zusammen unversehrt durch dick und dünn gehen, egal, was passiert. Und Max wird den großen Kummer, den er jetzt hat, trotz allem gut überstehen.

Das heißt natürlich nicht, dass er keine Angina mehr bekommt und du Max nicht operieren lassen sollst.«

Die Kinder waren schon eingeschlafen. Maja kam ins Wohnzimmer, streichelte Kaspar zärtlich über den Arm und sagte mit liebevollem Spott:

»Bist du wieder in deinem Element?«

Kaspar lachte entschuldigend.

»Maja, dafür verschone ich dich mit meinen Reden, sei friedlich …«

»Nein, deine Reden stören mich überhaupt nicht, im Gegenteil«, mischte Marisa sich ein. »Ich brauche noch einen Rat. Max will nämlich nicht in die Schule, sondern für immer im Kindergarten bleiben – oder jedenfalls für fast immer, bis er sieben ist.«

»Aha? Na, warte einfach mal ab. Vielleicht ändert er ja seine Meinung. Meistens machen Kinder, wenn sie eine Krankheitsphase haben, gleichzeitig einen großen Entwicklungsschritt. Das beobachte ich oft. Als ob sie im Schutz einer äußeren Schwäche im Inneren Kraft sammeln für einen nächsten Reifungsschritt.«

»Du hast auf alles eine Antwort, die mir gefällt«, sagte Marisa, »aber jetzt verschwinde ich. Seid nicht böse, aber ich bin hundemüde. Und danke, dass ihr Max dabehaltet. Das heißt, dass ich morgen fast eine Stunde länger schlafen kann ... Was für ein Luxus!«

Marisa ging in die Nacht hinaus. Sie schlug den Mantelkragen hoch und steckte das eingerollte Bild in die Manteltasche.

Max hatte jetzt seine roten Schlafbacken, sie würde noch ganz kurz beim großen Max anrufen, und dann wäre auch sie endlich in ihrem großen weichen Bett geborgen wie ein Bär in seiner Höhle ... Eine Welt, die, auch wenn sie halb schwarz, schwer und dunkel war, doch immer wieder leben, leben, leben wollte.

Es gab selten einen Morgen wie diesen. Mitten in der Woche im Morgenmantel Kaffee machen, heiße Milch dazu, ein Stück Brot toasten und es noch warm mit Butter und Honig bestreichen, die Nachrichten im Radio hören und für fünf Minuten aus dem Fenster sehen. Die Fußnägel ansehen und feststellen, dass sie wieder einmal neuen Nagellack gebrauchen könnten. Nach der Dusche den Körper mit Rosenmilch eincremen, die Symphonie Nr. 40 in g-Moll von Wolfgang Amadeus Mozart mitsummen. Einen Gedanken darauf verschwenden, welche Schuhe gut passen würden, und dann, die Zeitung unter dem Arm, zur Straßenbahn laufen. Und, noch schöner, bisher kein einziges Wort gesagt zu haben. Kein »Machst du ein bisschen schneller?«, »Komm die Zähne putzen!«, »Vergiss die Handschuhe nicht«.

Das Geschenk eines Morgens.

Es gab so viel, worüber sie nachdenken musste. Sie hatte gegenüber dem großen Max nicht mehr erwähnt, worüber sie am Kaminfeuer in den Bergen gesprochen hatten, und er war auch nicht mehr darauf zurückgekommen. Sie liebte den großen Max. Er gab ihr Sicherheit, Geborgenheit. Er war klug und – man kam bei seiner Raubeinigkeit nicht gleich darauf – äußerst zartfühlend. Er kannte die Menschen, und er kannte sie. Er kannte sie in- und auswendig, selbst mit den Seiten, die man lieber unter dem Teppich lässt. Er liebte den kleinen Max, war poetisch, romantisch, scharfzüngig und absolut zuverlässig. Er war unkonventionell.

Und er war dreißig Jahre älter als sie.

Manchmal hatte sie Sehnsucht nach einem Mann, einem männlichen Körper, und dann dachte sie an einen Mann in ihrem Alter. Vor dem sie nicht die kleine Marisa, sondern dessen Geliebte sie war, erwachsen und sinnlich, zärtlich und von Gleich zu Gleich.

Marisa stand auf und stellte das Frühstücksgeschirr zusammen. Vielleicht würde sie einen solchen Mann noch einmal finden – vielleicht auch nicht. Eines war jedenfalls sicher:

Max war der wunderbarste und vielschichtigste Mensch, den sie in ihrem ganzen Leben getroffen hatte.

Der Abend desselben Tages war ruhig und friedlich. Die Katze, die seit neuestem Minette hieß, aber noch kein Körbchen hatte, saß neben Marisa, die Max fest im Arm hielt und ihm vorlas.

Aber Max war müde und wollte ins Bett.

Marisa blieb mit ihren Gedanken allein.

Sie dachte an das Gespräch, dass sie am Freitag mit Michael haben würde, und verdrängte den Gedanken wieder. Und was hatte der große Max über ihr Schreiben gesagt? Probieren? Eine Reportage schreiben, einfach so ins Blaue und dann anbieten? Da wartete doch kaum jemand drauf, in der heutigen Situation …

Plötzlich saß sie kerzengrade vor Schreck. Etwas ganz anderes war ihr in den Sinn gekommen:

Morgen war Nikolaus! Und sie hatte nichts, was sie in Mäxchens Stiefel stecken konnte!

Du lieber Himmel, was würde der Nikolaus wohl machen, wenn ihm so was passierte?

Ich glaube, dachte Marisa, er würde einen Brief schreiben und sich entschuldigen und hoch und heilig versprechen, die Süßigkeiten schnellstmöglich nachzuliefern. Ja. Das würde er.

Sie kramte im Schrank nach einem farbigen Papier, fand einen roten Karton, ja, der passte doch gut zum Nikolaus. Und da waren noch kleine Glitzersternchen, die würde sie zum Schluss darüber streuen.

Dann schrieb sie:

Lieber Max,

du wirst es nicht glauben, was mir passiert ist. Ich habe ja das ganze Jahr Zeit, mich auf den Nikolaustag vorzubereiten, und weil ich so viele Kinder besuche, fange ich auch rechtzeitig an, meine Vorbereitungen zu treffen. Denn alle möchten etwas in ihrem Schuh finden, und ich möchte kein Kind enttäuschen. Aber stell dir vor: Dieses Jahr war so viel los, und gerade in den letzten Tagen, dass ich doch tatsächlich nicht fertig geworden bin. Dabei habe ich ganz viele Nikolaussäcke mit Geschenken gefüllt und ausgetragen, aber zum ersten Mal in meinem Nikolausleben habe ich es nicht geschafft, alle Kinder rechtzeitig zu besuchen. Ich habe mich an meinem langen weißen Bart gezupft und die Rute sausen lassen, so sauer bin ich auf mich! Und mit dem Stiefel aufgestampft habe ich auch!

Also: Allerallerschleunigst werde ich die verbliebenen Säcke austragen und all den armen Kindern noch etwas bringen, die heute Morgen nichts in ihrem Schuh finden.

Aber ich habe mir was zum Trost ausgedacht. Du hast doch jetzt eine Katze, Minette heißt sie, glaube ich. Die hat, soviel ich weiß, noch gar kein Körbchen. Geh doch mit deiner Mama heute ein schönes Körbchen kaufen. Das schenke ich euch. Und Minette natürlich.

Es grüßt dich
der Nikolaus

»Heute holt mich der Papa!«, sagte Max als Erstes am Morgen, noch bevor er guten Morgen sagte.

»Ja, mein Schatz«, sagte Marisa. »Der Papa freut sich sicher auch schon auf dich. Er holt dich direkt im Kindergarten ab, hat er mir gesagt, also nimm gleich alles mit, was du übers Wochenende beim Papa haben willst, den Teddy und was du sonst noch brauchst.«

Max packte seinen Rucksack und wollte ganz pünktlich los zum Kindergarten, als ginge die Zeit so schneller herum bis zu dem Moment, wo sein Papa ihn dort abholen würde.

Selbst die Gartenzwerge auf dem Weg bekamen nur einen knappen Blick, und er verabschiedete sich von Marisa so flüchtig wie sonst nie.

Michael saß schon in dem Café, in dem sie sich verabredet hatten, als Marisa pünktlich um vier die Konditorei betrat.

»Hallo, Marisa«, sagte er und erhob sich. Er schob im Aufstehen den Stuhl heftig zurück, der ratschte mit einem scharfen Quietschen über den Boden und kippte nach hinten. Michael fing ihn gerade noch auf. Sie gaben sich einen flüchtigen Wangenkuss, und dieser belanglose Kuss zog Marisa immer noch das Herz zusammen, obwohl sie sich schon lange keine Zärtlichkeiten mit Michael mehr vorstellte. Merkwürdig. Erst hatte sie sich nach seinem Körper gesehnt, sich vorgestellt, wie sie sich geliebt hatten, dann hatte sie vergessen, wie das gewesen war; sie konnte sich nicht mehr daran erinnern. Die Gefühle, die sie dabei gehabt hatte, blieben einfach aus.

Ihre Sehnsucht nach Michael war nur noch eine Idee, keine gefühlte Sehnsucht mehr. Sie konnte von der Idee nicht lassen, dass sie ein Paar, eine Familie waren, drei Menschen, die zusammengehörten und das Leben miteinander verbrachten, auf lange Zeit und für alle Zukunft. Sie wollte sich auch nicht eingestehen, dass diese Beziehung gescheitert war, dass sie nichts anderes zustande gebracht hatte als ihre eigenen Eltern. Und dass Max, weil sie versagt hatte, jetzt genauso traurig sein musste, wie sie es als Kind gewesen war. Solange sie an der Illusion festhielt, Michael und sie könnten noch einmal neu beginnen, musste sie sich dieses Scheitern nicht eingestehen. Aber wenn sie ganz ehrlich mit sich war, musste sie zugeben, dass Michael weit weggerückt war aus ihrem Leben, dass er so wenig noch in ihr Leben gehörte wie sie offenbar in seines. Und wenn sie sich vorstellte, im Arm eines Mannes zu liegen, dann sah sie in ihren Fantasien nicht mehr Michael vor sich, sondern fremde, andere Männer.

Sie schaute Michael, der an seinem heißen Tee nippte, von der Seite an. Er war ein auffällig gut aussehender Mann und wusste das auch. Die Frauen liefen ihm nach, aber er war kein besonderer Frauenheld. Er arbeitete als Meteorologe an der Universität, und er selbst hatte etwas von der Unberechenbarkeit des Wetters, das er erforschte.

Seine Stimmungen schlugen plötzlich um, aus hellstem Sonnenschein schossen dann Blitze hervor, dunkle Wolken brauten sich auf seiner Stirn zusammen, und es konnten sich Gewitter entladen, mit denen niemand rechnete.

Marisa verunsicherten diese jähen Stimmungswechsel. Was geschah da plötzlich, was sie nicht verstand, nicht nachvollziehen, nicht beeinflussen konnte? Diese Unwetter gaben ihr das Gefühl von Ohnmacht, denn seine düstere Stimmung, sein Groll richteten sich dann oft gegen sie, sie aber wusste nicht, womit sie seinen Unmut erregt hatte. Wie ausgeliefert, wie verängstigt sie sich dann fühlte.

Der große Max hatte Recht. Das war Gift für sie. Die Unzuverlässigkeit seiner Gefühle machte ihr Angst, zog ihr den Boden unter den Füßen weg. Was hatte sie falsch gemacht? Würde er sie jetzt für etwas verlassen, wovon sie nicht wusste, was es war? Hatte sie sich schuldig gemacht und wurde jetzt bestraft? So, wie sie als Kind gedacht hatte, dass sie wohl etwas ganz Schlimmes verbrochen haben musste, ohne zu wissen, was es war, dass sie so gestraft, so allein gelassen wurde?

»Michael ist nicht der Richtige für dich«, hatte der große Max gesagt. »Auch wenn er eines Tages vielleicht gern zu euch zurückkommen würde.« Ja, Max hatte Recht. Sie würde den Kopf nicht mehr in den Sand stecken. Sie würde heute mit Michael über die Wohnung sprechen. Sie würde ihre Illusion von der heilen Familie begraben, sie würde versuchen, eine Reportage zu schreiben, sie würde eine neue Stelle finden, sie würde nicht aufgeben. Sie hatte keine Angst vor dem Alleinsein. Sie kannte das sehr gut: mit sich und den eigenen Gefühlen allein zu sein. Sie hatte früh geübt, als kleines Kind schon. Sie fürchtete sich nicht vor der Einsamkeit, weil sie deren Gesicht kannte.

»Ich möchte dich heute um etwas bitten«, begann sie.

Michael unterbrach sie:

»Ich auch. Ich habe auch ein Anliegen.« Es klang drängend, deshalb sagte Marisa:

»Gut, dann fang du an. Warte, ich möchte mir erst noch einen Kaffee bestellen ...«

Sie war nervös. Und wenn er jetzt sagte: »Ich möchte zurückkommen zu euch, Marisa?« Sie spürte, dass sie bei dieser Vorstellung erschrak. Und doch hoffte sie, er würde genau das sagen. Weil damit die bittere Kränkung aufgehoben würde, dass er sie verlassen hatte? Weil sie sich schämte, verlassen worden zu sein? Weil sie dachte, die anderen könnten daraus schließen, dass sie nicht liebenswert war? Weil sie – auch vor sich selbst – tatsächlich nicht liebenswert war und er sie mit diesen Worten wieder in den Stand der Liebens-Würdigkeit versetzen würde?

Michael räusperte sich. Es schien ihm schwer zu fallen, ihr ins Gesicht zu sehen. Dann sagte er:

»Marisa, ich möchte dich um die Scheidung bitten. Ich werde nicht zu euch zurückkommen. Ich möchte nicht gebunden sein. Ich möchte kein Familienvater sein, ich möchte frei sein, reisen, ohne Rücksicht auf jemanden zu nehmen. Ich liebe Max. Aber ich möchte nicht gezwungen sein, ihn zu lieben. Ich mag dich immer noch. Aber ich möchte nicht gezwungen sein, am Abend nach Hause zu kommen, weil du gekocht hast und ihr mit dem Essen auf mich wartet. Ich möchte nicht sagen müssen, wo ich bin und warum ich da bin, wo ich bin. Ich bin einfach nicht gemacht für ein solches Leben. Ich möchte wie die Wolken sein, die über den Himmel ziehen.

Ich will meine Arbeit machen und nicht denken: Eigentlich habe ich versprochen, heute das Bad zu putzen, verdammt noch mal.

Ich will nicht ständig Erwartungen enttäuschen: die von Max, die von dir. Ich habe lange darüber nachgedacht. Ich habe mich gefragt, ob ich mit Simone zusammenziehen möchte. Sie hat es mir immer wieder angeboten. In ihrem Haus ist genug Platz, ich weiß. Aber das ist es nicht. Das ist nicht das Problem.«

Marisa sagte nichts. Es kamen ihr auch nicht die Tränen.

Sie dachte daran, dass sie dringend Brot und Milch kaufen musste. Und dass keine Kartoffeln mehr da waren.

Sie dachte an ihren Rosenstrauch, der nicht blühte, und

überlegte, ob sie ein Buch über Rosenzüchterei kaufen sollte, sie, die doch immer so gern Rosen züchten wollte und nicht mal ein Buch dazu besaß. Warum nicht? Warum machte sie nicht das, was sie wirklich wollte?

»Du sagst gar nichts«, sagte Michael, dem die Situation unangenehm war. Er fühlte sich schuldig, ganz klar. Es fiel ihm nicht leicht, um die Scheidung zu bitten. Vielleicht, dachte Marisa, wird er dann doch ziemlich schnell zu Simone ziehen. Oder auch nicht.

»Schon gut«, sagte Marisa. »Ich bin einverstanden mit der Scheidung.« Sie wusste jetzt, sie würde erst heute Abend im Bett weinen. »Mach mir einen Vorschlag, wie du das regeln möchtest mit Max, mit den Alimenten und so. Ich sehe mir das dann mit einem Anwalt an.« Sie sah ihm in die Augen.

»Und du solltest mit Max sprechen dieses Wochenende. Unbedingt. Sag ihm die Wahrheit. So wie mir. Und sag ihm, dass du unheimlich gern mit ihm zusammen bist und dass das auch in Zukunft so bleiben wird. Aber dass du nicht mehr bei uns, sondern anders leben möchtest.«

Jetzt stiegen ihr doch die Tränen hoch, als sie an Max dachte.

»Er wird es nicht verstehen. Aber er wird verstehen, dass du die Wahrheit sagst. Und dass deine Entscheidung nicht bedeutet, dass du ihn nicht mehr gern hast. Sag ihm, dass er nicht schuld ist, dass du dich so entschieden hast, sondern dass das einfach nur mit dir zu tun hat, nicht mit Max und vielleicht nicht einmal mit mir. Bitte, sprich mit ihm, ja? Ich habe lange mit Kaspar gesprochen. Du kennst Kaspar ja, der vom Kindergarten, der Kinderarzt. Er hat Max wegen der Angina untersucht. Er hat mir klar gemacht, wie wichtig es ist, dass man den Kindern gegenüber ehrlich ist. Dass man nicht versucht, sie zu schonen, und dabei unglaubwürdig wird. Er sagt, die Kinder spüren sowieso, wie es uns geht, man kann und soll ihnen nichts vormachen. Er sagt, sie verkraften ganz viel, wenn sie wissen, dass sie geliebt werden.«

Sie schluckte. Sie war todmüde. Das Gespräch strengte sie furchtbar an. Sie hätte unter den Tisch sinken können vor Erschöpfung. Sie wollte nach Hause. Nach Hause oder ins Kino. In einem dunklen Kinosaal sitzen, allein in einer Reihe, ganz für sich, und sich verschlucken lassen von der Welt, der Geschichte, die über die Leinwand flimmerte.

Sie wollte in eine andere Wirklichkeit eintauchen, ihre eigene, verdammt blöde Wirklichkeit für zwei Stunden einfach vergessen. Diesen Scheißtyp, der einfach dachte, man könne das Leben lang frei wie eine Wolke sein, der die Beziehung mit ihr, der das Gefühl, ein Kind zu haben, einfach mal ausprobiert hatte, um zu sehen, ob das wohl zu ihm passte, und dann – April, April! – einfach verschwunden war. Sie hatte genug.

»Ich habe auch noch eine Bitte an dich«, sagte sie ruhig. »Ich war bei der Hausverwaltung und habe gesagt, ich würde die Wohnung gern nur auf meinen Namen laufen lassen. Sie sind damit einverstanden, brauchen von dir nur eine Verzichtserklärung, einen Wisch, dass du ausgezogen bist und darum bittest, dass der Mietvertrag in Zukunft nur auf meinen Namen lautet.«

Michael sah sie an. Er wirkte fast ein bisschen gekränkt, so als hätte sie ihn gerade aus der Wohnung geworfen. Als gebe sie ihm damit zu verstehen: Okay, hau ab. Fast als ob sie ginge und ihn verließe, nicht er sie. Erstaunlicherweise kränkte ihn das. Er biss sich auf die Lippen und sagte dann:

»Natürlich. Ich schreibe den Brief gleich dieses Wochenende. Dann kann er Montag auf die Post …« Er schien etwas verwirrt.

»Danke«, sagte Marisa. »Jetzt muss ich gehen. Ich wünsche euch ein schönes Wochenende. Und vergiss nicht, mit Max zu sprechen.«

Sie stand auf, nahm ihren Mantel, der über der Stuhllehne hing, und ging, ohne sich noch einmal umzusehen.

Marisa lag im Bett und wartete auf die Tränen. »Michael«, sagte sie laut, als wollte sie sich dazu ermuntern, endlich den Tränen über das Ende einer Liebe freien Lauf zu lassen. Aber nichts geschah. Marisa wunderte sich über sich selbst. Michael, ihr Mann, wollte die Scheidung. Der Mann, den sie geliebt hatte, mit dem sie ein Kind wollte, mit dem sie jahrelang zusammengelebt hatte! Nichts. Ihre Augen blieben trocken.

Ich gehe in den Hamam, dachte sie stattdessen ganz

sachlich und emotionslos, und lasse mich massieren. Und danach gehe ich zum Friseur und lasse mir die Haare abschneiden.

Ja. Die Haare abschneiden war gut. Eine neue Frisur war gut. Erst im Hamam alles abspülen, mit dem warmen Wasser wegspülen, und dann zum Friseur. Und danach würde sie sich was zum Anziehen kaufen. Und neue Schuhe. Eine neue Marisa musste her. Die Marisa, die alles still erduldete, hatte ausgedient. Die Marisa, die dachte, ich werde schon schuld dran sein, wenn mir das passiert, war ein Auslaufmodell.

Marisa starrte erstaunt an die Decke. Sie dachte an den Postboten. Sie dachte, dass er nett und ein Mann war. Seit Jahren hatte sie Männer nicht mehr unter dem Blickwinkel angesehen, dass sie Männer waren, Vertreter des anderen Geschlechts, die vielleicht mit dem weiblichen Geschlecht irgendetwas im Sinn haben könnten oder sie, Marisa, mit ihnen. Erst war Michael da gewesen und hatte sie mit seinen Launen auf Trab gehalten. Dann war er weggegangen, und alles hatte sich darum gedreht, dass er verschwunden war aus ihrem Leben. Und der große Max war zwar ein sehr männlicher Mann, aber er war ein Freund, ein Vater, ein Rettungsschiff auf bewegter See, auf das sie sich gerettet hatte, jemand, auf den sie sich verlassen konnte. Und das sollte auch so bleiben. Gewiss hatte Marisa in ihren schwachen Momenten mit dem Gedanken gespielt, sich einfach in seine Arme fallen zu lassen und zu sehen, ob sich aus der Freundschaft nicht doch Liebe machen ließe. Doch eine

Stimme tief in ihrem Innern sagte ihr, dass dies nicht der richtige Weg war. Max hatte schon Recht: Das wäre nur die zweitbeste Lösung gewesen. Sie schlug die Bettdecke zurück und sprang aus dem Bett.

Es gab viel zu tun.

Eine Stunde später lag sie in dem abgedunkelten Raum auf dem warmen schwarzen Marmortisch, und ein dunkelhäutiger Masseur, vielleicht ein Tunesier, vielleicht ein Marokkaner oder Algerier, übergoss sie mit warmem Wasser. Er redete nicht und begann seine Seifenmassage. Es war, als ob eine unendliche Last von ihr abfiele und sie über dem Tisch schwebte.

Eine rituelle Waschung, dachte sie, ich werde in dieser Waschung wieder geboren, neu geboren. Ich habe einen Körper, diesen Körper, der zu mir gehört, der mich durchs Leben trägt, der mir immer zur Seite steht. Wie wunderbar ist es, einen Körper zu haben. Wir sind gar nicht allein, solange wir diesen Körper spüren, den uns der Himmel geschenkt hat, damit wir unser Leben auf dieser Erde leben können.

Der Mann verrichtete schweigend seine Arbeit. Ob er sich wohl fragte, was die Frauen so alles denken mochten, während sie hier im Dämmerlicht lagen und er ihren Körper berührte? Oder überlegte er einfach, wie viel Geld er heute einnehmen würde? Oder dachte er an seine Frau und seine Kinder, die froh waren, dass er einen so lukrativen Job gefunden hatte?

Marisa merkte, wie sie schläfrig wurde.

Ihr Körper war so weich, so entspannt, als wäre sie bewusstlos. Sie sank und sank immer tiefer hinunter in die Dunkelheit, die Wärme, die Feuchtigkeit; wie in einen tiefen Brunnen, aus dem sie als eine andere emporsteigen würde. Marisa war glücklich. Die Erde war voller Regenbogenfarben, und die Dunkelheit wich von ihrer Seele. Sie würde nicht für immer verschwinden, das wusste sie, weil das Dunkle zur Welt und zu ihrer Seele gehörte, aber jetzt, in diesem Moment, war es anders.

Der Masseur bedeckte sie mit dem Hamamtuch und sagte, sie könne noch ein paar Minuten liegen bleiben. Dann verließ er den Raum.

Die neugeborene Marisa sah in den Spiegel. Der Friseur hielt ihre dichten braunen Haare in die Höhe.

»Bitte alles ab«, sagte Marisa, »schneiden Sie alles ab.«

»Alles ab?«, fragte er sicherheitshalber nach. »Sie haben wunderbares Haar. Wollen Sie das wirklich? Wie kurz wollen Sie es denn haben?

»Ganz kurz«, sagte Marisa nur. »Ich möchte, dass Sie es ganz kurz schneiden. Aber keinen Männerschnitt. Nicht streng. Trotzdem weiblich und weich. Mit Fransen. Etwa so!« Sie zeigte auf ein Foto an der Wand.

»Wie Sie wünschen«, sagte er und machte sich ans Werk.

Das Haar fiel in dicken Büscheln auf den Boden, und mit jedem Schnitt fühlte sich Marisa leichter und freier.

Fast wie eine Wolke, dachte sie und musste lachen, denn so wollte ja Michael sich eigentlich fühlen.

Die kurzen Haare standen ihr gut. Sie drehte den Kopf vor dem Spiegel hin und her: Sie gefiel sich und gab dem Friseur ein übermütiges Trinkgeld.

Als Marisa aus der Boutique kam, in die sie schon immer einmal gewollt hatte und in der sie doch noch nie gewesen war, weil sie sich zur Vernunft gerufen und an ihr Konto gedacht hatte, sah sie erstaunt auf die Schneeflocken, die zögernd vom Himmel fielen. Sie fühlte sich eher, als ob gleich die Krokusse und Narzissen hervorbrechen müssten, die Hyazinthen oder, noch besser, die Maiglöckchen. Sie hatte ein Kleid, einen Rock und zwei Pullover gekauft und sich beim Bezahlen gesagt: »Marisa, alles selbst verdient. Du darfst das.« Das hatte geholfen.

Sie fühlte, wie einzelne Schneeflocken auf ihre neue Frisur fielen, und sie streckte lächelnd die Hände aus. Leicht ließen die Flocken sich auf ihren Handflächen nieder und schmolzen. Wie schön, dachte sie, nichts bleibt, wie es ist. Aus Schnee wird Wasser, Wasser friert zu Eis, das Eis taut wieder auf und tropft von den Dachrinnen, und alles verwandelt sich und wird immer wieder neu.

Es war nicht nur Winter, es war auch Vorweihnachtszeit, und die Stadt glitzerte und glänzte im Licht der Weihnachtsbeleuchtung, die am Nachmittag angegangen war. Marisa war, als sähe sie es zum ersten Mal. Überall gab es heiße Kastanien, die Verkäufer schüttelten sie über der Glut, damit sie nicht schwarz wurden, und füllten sie in spitze braune Papiertüten ab. Marisa kaufte eine Portion und nahm vorsichtig eine Kastanie heraus. Sie schälte sie und verbrannte sich fast die Finger dabei. Die Kastanien schmeckten mehlig, leicht süß und rochen nach Feuer, Winter und Erde. Sie steckte den Rest in die Manteltasche und wärmte sich die Hand an der Tüte. Bald war Weihnachten. Vielleicht sollte sie den großen Max fragen, ob er kommen wollte?

Zu Hause angekommen, setzte sie sich aufs Sofa, wickelte sich in eine Decke ein und wählte die vertraute Nummer. Doch der große Max war kein Freund vom trauten Weihnachtsfest.

»Mit Weihnachten musst du mich verschonen«, polterte er. »Du weißt doch, wie ich das hasse. Du machst es dir gemütlich mit Max, ich gehe wie immer durch die leeren Straßen an Heiligabend, mir gefällt das so, und wenn das ganze Weihnachtsbrimborium vorbei ist, fahren wir vielleicht ein paar Tage mit dem kleinen Max an die Nordsee. Die Luft ist gut dort für euch.«

»Sehen wir uns noch mal vor Weihnachten?«

»Nein, ich glaube nicht. Ich fühl mich nicht gut. Du weißt ja, wie meine Bronchien pfeifen. Aber es ist das Herz diesmal, meint der Arzt. Er will, dass ich aufhöre zu rauchen. Na ja. Aber ich hör sowieso nicht auf den elenden Sack. Jedenfalls nicht, wenn er mich ermahnt, mit dem Rauchen aufzuhören. Ohne dieses verdammte Ziehen an der

Zigarette fällt mir nichts ein.« Er lachte heiser. »Ja, Marisa, wenn ich vierzig wäre, würde ich vielleicht für dich aufhören zu rauchen. Vielleicht. Na, wahrscheinlich nicht. Aber ich bin fünfundsechzig, und ich rauche nun schon mein Leben lang. Immerhin rauche ich die Dinger nur noch bis zur Hälfte, so sind sie weniger schädlich. Aber ich werde rauchen, bis ich umfalle. Auch wenn mir mein Herz das Rauchen übel nimmt. Ist ein komisches Gefühl, das muss ich schon sagen. Aber das geht vorbei.«

»Max, das klingt nicht gut. Wenn ich mir vorstelle, dass du ganz allein in der Wohnung bist und keiner nach dir sieht …«

»Das wäre ja noch schöner. Wer soll schon nach mir und meinem Herzen sehen? Ich bin immer allein mit meinem Herzen klargekommen, das braucht keine fremde Pflege. Und wenn es mal nicht mehr will, soll es seinen Willen haben.«

»Ich mach mir trotzdem Sorgen. Ich sollte versuchen zu kommen.«

»Untersteh dich! Es wird Zeit, dass dir ein schöner junger Mann über den Weg läuft. Ich schick dir einen vorbei. Und jetzt lass mich in Ruhe fernsehen. Ich ruf dich morgen an. Wie immer.«

Der große Max hatte aufgelegt.

Miau, machte Minette, und Marisa schreckte aus dem Schlaf. Die Katze saß neben ihrem Bett und sah sie unverwandt an. Marisa sah sich im Zimmer um. Sie hatte unruhig geschlafen und einen Albtraum gehabt. Für einen Augenblick fand sie sich nicht zurecht. Wo war sie? Was war geschehen?

Sie hatte im Traum wieder die Menschenmenge gesehen, die sich bei der Straßenbahnhaltestelle angesammelt hatte, wo die alte Frau überfahren worden war. Im Traum stieg Marisa aus der Bahn, wie sie es in Wirklichkeit getan hatte, und drängte sich durch die Menschenmenge. Sie wusste im Traum, dass sie unbedingt zur Unfallstelle vordringen musste. Dann sah sie, was geschehen war. Auf der Straße lag der große Max. Die Polizei war schon zur Stelle, hatte ihn auf die Seite gedreht und mit einer Decke zugedeckt. Sie kauerte sich neben ihn und nahm seine Hand. Er sah sie an, aber seine Augen schienen schon in eine Welt zu blicken, die niemand außer ihm sehen konnte. Marisa drückte seine Hand an sich und flüsterte:

»Wir haben noch so viel zu besprechen, Max, bleib hier. Bleib bei mir. Bitte! Ich hab dich lieb. Ich brauche dich. Der kleine Max braucht dich. Wir alle lieben und brauchen dich. Hörst du, du darfst nicht gehen! Noch lange, lange nicht! Ich werde dir Milchreis mit Zucker und Zimt machen, so oft du willst … Hörst du, du musst wach bleiben, gleich kommt der Arzt, die Ambulanz. Sie werden dir gleich, gleich helfen …«

Aber Max drehte den Kopf zur Seite und schien sie nicht mehr zu hören.

Marisa sprang aus dem Bett und nahm eine heiße Dusche. Dann eine kalte und wieder eine warme. Sie hatte lange geschlafen, es war schon zehn Uhr. Die Kirchenglocken läuteten. Es war Sonntag, richtig.

Die Katze ging in die Küche und baute sich vor dem Kühlschrank auf. Sie hatte nichts für den Sonntag übrig. Am Sonntag verspätete sich das Frühstück.

Aber Marisa achtete nicht auf die Katze, sondern versuchte, den großen Max anzurufen. Sie ließ es lange läuten. Niemand meldete sich.

Wo mochte er sein? War er zum Frühstück in die Stadt gegangen? Manchmal machte er das, wenn ihm seine Bude auf den Wecker ging, wie er sagte.

Sie würde es nach dem Frühstück wieder versuchen. Er hatte etwas davon gesagt, dass er einen Freund treffen wollte, aber nicht gesagt, wann. Nur, dass er am Abend um zehn anrufen würde. Wie immer.

Sie kochte sich einen Kaffee und gab der Katze zu fressen, die gleich danach hinauswollte. Die Sonne schien. Marisa sah auf das Thermometer. Minus zwei Grad. Zehn Uhr dreißig.

Sie blätterte in dem Teil der Zeitung, den sie gestern noch nicht fertig gelesen hatte. Kaum hatte sie einen Satz gelesen, hatte sie ihn schon wieder vergessen.

Sie öffnete die Fenster. Wieder klangen die Kirchenglocken herein. Der große Max liebte das Sonntagsgeläut, obwohl er mit der Kirche gar nichts am Hut hatte.

Sie stellte seine Nummer ein und wartete. Nichts. Er hatte keinen Anrufbeantworter. »Wenn ich nicht da bin, bin ich nicht da«, sagte er immer. »Warum sollen die Leute in meiner Abwesenheit ihre Nachrichten in meiner Wohnung deponieren? Ein unangenehmes Gefühl. Als wären Einbrecher in der Wohnung gewesen.«

»Marisa«, sagte Marisa zu sich selbst, »du hast einen schlechten Traum gehabt. Was will das schon heißen. Du hast schlecht geträumt, weil Max gesagt hat, er habe Herzprobleme und es sei ihm nicht gut. Es ist das erste Mal, dass er davon spricht, dass der Arzt davon spricht. Man muss ja nicht gleich das Schlimmste annehmen. Max sitzt ja nicht den ganzen Tag zu Hause, nur weil ich mitten am Tag anrufen könnte.«

Trotzdem. Max lebte allein. Er hatte nie Verwandte erwähnt. Seine Eltern waren tot. Im Haus hatte er mit niemandem Kontakt. Die Putzfrau kam immer dienstags, das wusste sie. Aber sie wusste nicht einmal die Adresse der Putzfrau und ihren Namen. Beim Sender würde ihn niemand vermissen. Er war pensioniert und schaute dort nur ab und zu vorbei, um Kollegen und Freunde zu besuchen. Manchmal arbeitete er zwar noch an einer Sendung mit, aber unregelmäßig. Wenn er gerade dort zu tun hätte, hätte er es ihr erzählt. Sie konnte niemanden anrufen, um nach ihm zu fragen. Niemanden. Die Polizei anrufen? Nicht vor dem Abend. Sie hatten ja gestern Abend noch miteinander gesprochen. Nur, weil sie einen Albtraum gehabt hatte, würde die Polizei die Tür nicht aufbrechen. Nicht schon jetzt.

Marisa war zu unruhig, um in der Wohnung zu bleiben. Sie machte einen Spaziergang. Kein Mensch war im Wald.

Alle mit Weihnachten beschäftigt, dachte sie, mit Einkaufen, Basteln, Plätzchenbacken. Sie lief schnell, bis sie fast außer Atem war. Sie atmete tief aus. Ein, aus, ein, aus. Der Atem ist unser Leben, dachte sie, und meistens achten wir nicht darauf.

Noch immer war Max nicht zu Hause. Wenn Marisa Angst hatte, traurig war oder nicht weiterwusste, ging sie ins Bett. Und obwohl sie doch jetzt eine ganz neue Marisa war, hatte sie Angst. Also ging sie in ihr Bett und schlief augenblicklich ein. Wenn andere wach lagen, weil sie sich Sorgen machten, schlief Marisa. Merkwürdig, aber wahr.

Diesmal war es nicht die Katze, die sie weckte. Es war das Telefon. Marisa musste richtig eingeschlafen sein, denn die Dämmerung tauchte schon alles in ein düsteres, diffuses Licht. Sie hastete zum Apparat und nahm ab.

»Frau Ambacher? Entschuldigen Sie die Störung. Sie kennen mich nicht. Ich bin Paula Rieser. Die Schwester von Max Rieser.« Die Stimme hielt einen Moment inne, und Marisa spürte, wie ihr die Kehle eng wurde. »Ja?«, stieß sie heiser hervor.

»Max ist tot.«

Die drei Worte hämmerten in ihrem Kopf, während sie versuchte, das aufzunehmen, was die fremde Frau ihr aufgeregt erzählte:

»Max war am Vormittag mit einem alten Freund verabredet. Als niemand die Tür öffnete, auch nach einer ganzen

Weile nicht, fing der Freund an, sich Sorgen zu machen, weil er wusste, wie absolut zuverlässig Max ist. Er hätte sich gemeldet, wenn er etwas anderes vorgehabt hätte oder ihm plötzlich etwas dazwischengekommen wäre.«

Max und Helmut waren Schulfreunde, sie kannten sich gut.

Helmut hatte sie, die Schwester, angerufen, aber sie hatte keine Ahnung, wo ihr Bruder hätte sein können.

»Max und ich hören nur sehr selten voneinander. Max hat sich nie viel aus der Familie gemacht. Unsere Mutter liebte er sehr, aber sonst wollte er nichts mit der ganzen Mischpoke zu tun haben, auch nicht mit mir.« Die Stimme stockte. »Na, jedenfalls, Helmut ließ die Polizei kommen und die Tür aufbrechen, um sicherzugehen. ›Sonst zahle ich halt ein neues Schloss, wenn alles in Ordnung ist‹, hat er gesagt. Dann sind sie gekommen und haben die Tür aufgebrochen. Max saß in seinem Sessel, tot.«

Die Frau, die Marisa nicht kannte und die Max' Schwester war, begann zu weinen.

»Der Arzt sagt, er muss in der Nacht gestorben sein. Im Schlaf muss er gestorben sein, ganz schnell, an Herzversagen …«

»Ja«, sagte Marisa ganz betäubt, »er schlief oft im Sessel. Er ging nicht gern ins Bett. ›Das ist, als ob ich mich schon aufs Totenbett lege, so grade ausgestreckt und auf dem Rücken‹, hat er manchmal gesagt. Und er hasste weiße Bettwäsche.«

Marisa hatte noch nicht begriffen, was geschehen war,

obwohl sie den ganzen Tag daran gedacht hatte, was hätte geschehen sein können.

»Ich fahre jetzt nach Berlin«, sagte Paula Rieser.

Marisa sagte nichts darauf. Max hatte ihr nie erzählt, dass er eine Schwester hatte. Er hatte immer nur von seiner Mutter gesprochen, seinen Vater, den er nicht besonders mochte, hatte er nur selten erwähnt. Und Marisa hatte nie nachgefragt, weil Freunde einem normalerweise erzählen, ob sie Geschwister haben.

»Auf Max' Schreibtisch lag ein Briefumschlag, den er offensichtlich schon vorbereitet hatte. Darauf stand Ihre Adresse, die Briefmarke war schon aufgeklebt. Daneben lag ein angefangener Brief an Sie, der mit ›Liebe Marisa‹ beginnt. Deshalb dachten wir, Sie kennen sich wohl gut und wir sollten Sie sofort anrufen …«

»Ja. Ja. Wir kennen uns gut. Ich such gleich einen Flug raus und komme morgen, wenn es Ihnen recht ist. Wo kann ich Sie erreichen?«

»Ich werde in der Wohnung von Max übernachten. Er ist mein Bruder. Ich werde mich um alles kümmern müssen, auch um die Wohnung und die Einrichtung und all das.«

»Darf ich Sie dann dort anrufen und sagen, wann ich ankomme … Ich denke, ich kann morgen Mittag da sein. Wo ist Max jetzt?«

»Nicht mehr zu Hause. Sie haben ihn schon abgeholt …«

Die Frau weinte wieder.

Und Marisa begriff langsam, was geschehen war.

Max, der große Max war tot.

Marisa hatte nur die Mittagsmaschine bekommen, der frühe Flug war schon ausgebucht gewesen. Sie verstaute ihre Reisetasche und ließ sich in den Sitz sinken. Immer wenn sie zum Nachdenken kam, fing sie an zu weinen. Die Tränen kamen ohne ein Schluchzen, ohne einen Laut. Sie stiegen auf, sammelten sich und liefen dann in Tropfen langsam über ihr Gesicht. Wie Regentropfen, die langsam an einer Scheibe herunterlaufen und dabei eine feuchte Spur hinterlassen. Marisa beobachtete oft den Verlauf dieser Spuren, wenn es regnete – an den Fenstern der Straßenbahn, zu Hause, wo immer sie gerade war. Es war, als ob man dem Leben zusah, das sich seinen Weg bahnte.

Sie musste Max noch einmal sehen. Es war so vieles unausgesprochen geblieben zwischen ihnen. Sie musste ihn sehen, von Angesicht zu Angesicht, und von ihm Abschied nehmen, bevor sie ihn unter die Erde brachten.

Michael war überrascht gewesen, als sie ihn angerufen und ihm erklärt hatte, dass er Max mindestens noch Montag und Dienstag bei sich behalten müsse.

»Aber ich muss arbeiten«, hatte er gesagt.

»Ich muss sonst auch arbeiten und habe Max. Was ich kann, wirst du auch können. Du musst es dir halt überlegen, wie du es organisierst, dass du ihn in den Kindergarten bringen und rechtzeitig holen kannst.«

Michael merkte, dass sie keinen Einwand gelten lassen würde. Das war ganz neu für ihn. Er war ziemlich verblüfft, holte Luft, um noch etwas zu sagen, sagte dann aber nichts. Es wäre zwecklos gewesen, das wusste er. Irgendwie hatte Marisa sich verändert.

»Na, in Ordnung«, sagte er deshalb.

»Danke«, entgegnete Marisa knapp und legte auf.

Marisa sah aus dem Flugzeugfenster. Sie waren schon hoch gestiegen, unten lag die Landschaft wie ein Schachbrettmuster aus Feldern und Waldstücken. Der Schnee schmiegte sich in die Furchen der Felder, lag dichter an den Waldsäumen entlang und mischte sich mit dem Grün der Tannen.

Marisa nahm ein Taxi zu Max' Wohnung. Paula Rieser öffnete ihr die Tür. Sie sah Max ähnlich. Zögernd betrat Marisa die Wohnung. Wie beklemmend das war: Alles stand noch da, wie es immer dagestanden hatte. Alles war so, wie Max es gern hatte: aufgeräumt und doch belebt. Und überall die Aschenbecher. Paula hatte sie geleert. Sie ging zu dem Ohrensessel, auf dem sie Max gefunden hatten. Sie strich über die Lehne und setzte sich dann vorsichtig hinein. Hier hatte er gesessen, hier war er eingeschlafen. Und der Tod war so schnell und leise gekommen, dass er gar nicht den Versuch gemacht hatte, aufzustehen und einen Arzt zu rufen. Wie gut, dass er nicht in seinem Bett gestorben ist, wie er es immer gefürchtet hat, dachte Marisa.

»Sein Gesicht war ganz entspannt«, sagte Paula Rieser.

»Er kann keine Schmerzen gehabt haben. Er war nicht verkrampft und nichts. Er sah aus, als ob er einfach schläft …«

Paula Rieser ging zum Schreibtisch und gab Marisa den Briefumschlag und den angefangenen Brief. »Das ist für Sie.« Sie sah ein wenig streng aus, als sie Marisa das Blatt und den Umschlag reichte, als sei sie gekränkt, dass für Marisa offenbar mehr Platz im Leben ihres Bruders gewesen war als für sie selbst, seine Schwester. Ihr hatte er nie geschrieben.

»Wir waren gut befreundet«, sagte Marisa nur. Es war fast, als ob sie sich dafür entschuldigen wollte. »Danke.«

Sie wagte nicht, in Paula Riesers Anwesenheit die wenigen Zeilen zu lesen, die auf dem Papier standen.

»Ich möchte Max gern noch einmal sehen. Ist das möglich? Haben Sie etwas gefunden, hat Max irgendwo etwas hinterlegt, wie er beerdigt werden möchte? Wir haben nie darüber gesprochen.«

»Ja. Es gibt ein Testament, nicht notariell beglaubigt, aber einen Brief, einen letzten Willen, wie er ihn formuliert hat. Er lag in der Schreibtischschublade. Er ist ganz neu, erst vor ein paar Tagen geschrieben. Er muss gewusst haben, dass es schlecht um ihn stand. Darin steht, dass er verbrannt werden und ein Erdgrab für die Urne haben möchte. Und so habe ich das jetzt mit dem Bestattungsinstitut besprochen. Wenn Sie wollen, können Sie ihn noch einmal sehen. In der Leichenhalle. Die Kremation findet übermorgen statt, die Abdankungsfeier eine Woche darauf.«

»Zum Urnenbegräbnis möchte ich dann gerne kommen.

Und auch meinen kleinen Sohn mitbringen, damit auch er von Max Abschied nehmen kann. Er hat ihren Bruder sehr geliebt und ihn sehr bewundert.«

Frau Rieser bemerkte nichts dazu. Sie war weder erfreut über diese Aussicht, noch war viel dagegenzuhalten. Es würden eine Menge Leute zum Begräbnis kommen, die sie nicht kannte.

»Kann ich Ihnen irgendwie helfen?«, fragte Marisa schließlich.

»Nein.« Paula Rieser war ziemlich kurz angebunden. »Die Bestattungsfragen sind alle geklärt. Max will keine Predigt, schreibt er, er ist ja nie in die Kirche gegangen. So gibt es nur eine kurze Absegnung. Aber gegen Musik hat er nichts.

Und Helmut und ich werden miteinander die Wohnung auflösen. Wenn Sie etwas von den Sachen haben wollen, ich habe nichts dagegen. Ich habe eh keinen Platz mehr für Möbel.«

»Ich will darüber nachdenken«, sagte Marisa, aber sie wusste schon: Ja, den Sessel wollte sie haben. Den Sessel, in dem er immer gesessen hatte, von dem aus er immer angerufen hatte, auf dem er unendlich viele Zigaretten geraucht und unzählige Male die Zeitung gelesen hatte. Von dem aus er ferngesehen hatte und in dem er eingedöst war. Und in dem er ohne Angst gestorben war.

Sie fuhr zum Krematorium. Sie bat darum, Max sehen zu dürfen. Man führte sie zu ihm. Sie setzte sich auf den Stuhl, den man ihr hingeschoben hatte. Sie wartete, bis sie allein mit Max war. Dann brach sie in haltloses Weinen aus. Er sah kleiner aus, als sie ihn in Erinnerung hatte. Der große Max schien friedlich zu schlafen, seine Züge hatten sich geglättet, die tiefen Furchen, die das Leben in sein Gesicht gegraben hatte, schienen im Tod weniger tief. Dafür hatte sich das Schweigen auf sein Gesicht gelegt wie eine große Hand.

Er war fort, er war gegangen, er würde nie wieder mit ihr sprechen, sie ermahnen, auffordern, ermutigen, den kleinen Max auf seinen Schultern tragen und ihren Milchreis essen.

Auf dem Weg ins Krematorium hatte sie seinen angefangenen Brief gelesen. Da stand:

Liebe Marisa,

ich habe lange über uns nachgedacht. Du bist jung, du bist attraktiv. Manchmal brauchst du einen Tritt in den Hintern, aber im Großen und Ganzen schaffst du es schon. Du bist wie ein Biedermeierstuhl, zart und doch ziemlich robust.

Wenn du im Biedermeier gelebt hättest, hätte dir ein schwarzes Samtband um den Hals gut gestanden.

Ich hätte es dir gerne um den Hals gelegt. Du weißt, wie sehr du mir am Herzen liegst. Du – und der kleine Max. Vergiss das nie! Man bekommt im Leben nicht immer das, was man will. Das hat wohl keinen Sinn. Unter anderen Umständen hätte ich dich –

Hier brach der Brief ab.

Hatte er ihn nicht fertig schreiben können, weil er sich zu schwach fühlte und in den Sessel setzen wollte? Hatte er ihn angefangen und dann gefunden, er wolle ihn doch nicht schreiben? Was hatte er ihr sagen wollen?

Marisa sah Max an, der die Frage nicht mehr beantworten würde.

Dann sagte sie:

»Max, lieber Max. Ich liebe dich. Ich bin mir sicher, dass du mich hörst an dem Ort, an dem du jetzt bist. Du bist der beste Freund, den ich je hatte, du hast mir Halt gegeben wie kein anderer Mensch, du hast mir die Welt erklärt wie ein Vater, und du hast mich ängstliche Marisa stärker in diese Welt hineingestoßen. ›Pack's an‹, hast du gesagt, ›du kannst es. Guck mal, wie viele Idioten mit der Welt und dem Leben fertig werden, warum sollst du es nicht auch schaffen?‹ Du hast mir Mut gemacht, mir etwas abzuverlangen und mir etwas zuzutrauen. Du warst ein Glück, ein Freund, ein Vorbild für den kleinen Max, er liebt dich sehr. Und du hast mir klar gemacht, dass der kleine Max das größte Geschenk in meinem Leben ist.

Lieber Max, und ich sage dir jetzt auch, dass ich mich manchmal gefragt habe, wie es wäre … Ich meine …« Sie lächelte. »Die zweitbeste Lösung klang für mich durchaus verlockend …« Marisa holte tief Luft.

»Aber … Ich … ich möchte jetzt erwachsen werden. Na ja, wenigstens so im Großen und Ganzen. Du siehst ja, ich hab mir die Haare abschneiden lassen. Ich bin mir nicht sicher, ob es dir gefällt. Mir gefällt es. Ich finde, es sieht selbstständiger aus. Vielleicht haben dir meine mädchenhaft langen Haare besser gefallen, die man zu einer Biedermeierfrisur aufstecken konnte.« Sie schwieg einen Moment.

»Ich … manchmal denke ich jetzt daran, wie es wäre, wieder einen Mann im Arm zu halten. Der Gedanke kommt einfach so, aus dem Nichts, obwohl ich glücklich bin, so, wie ich lebe. Es geht mir allein mit Max viel besser, als es mir mit Michael ging. Aber manchmal ist da so eine Sehnsucht: gehalten zu werden und jemanden zu halten, zu jemandem zu gehören, der auch zu dir gehört. Und dann denke ich an einen Mann in meinem Alter, an einen Mann, mit dem ich Gleich zu Gleich bin. Das sind wir beide nicht. Du hättest mir immer dreißig Jahre vorausgehabt – und auch, wenn ich es mir manchmal so gewünscht hätte, hätte ich nicht deine Frau und du nicht mein Mann sein können. So ist das. Wie sollte ich dir hier, jetzt, in diesem letzten Moment, den wir zusammen haben, nicht die Wahrheit sagen?« Ihre Tränen tropften auf das Tuch, das seinen Körper bedeckte.

»Ich gehe jetzt. Ich werde dich noch oft um Rat fragen müssen. Wahrscheinlich mein ganzes Leben lang. Du wirst immer bei mir sein. Auch das ist die Wahrheit.« Sie stand auf und schob den Stuhl zur Seite.

»Max, ich gehe jetzt, weil ich es nicht mehr aushalte. ›Sei nicht so rührselig‹, sagst du? Doch, das bin ich. Ich bin so traurig.

Ich möchte, dass es dir gut geht, da, wo du bist. Gib mir ein Zeichen. Irgendwie. Irgendwann.«

Sie nahm ein Taxi zum Flughafen. Der Wagen fuhr durch die weihnachtlich beleuchteten Straßen. Die Stadt war voll von Menschen, die Weihnachtsgeschenke kauften. Alle schienen in Eile. Marisa mochte das Gedränge nicht, das an solchen Tagen herrschte. Aber nach Leben, ja nach Leben sah es aus.

Neben ihr, am Fenster, saß der kleine Max mit seinem Teddy auf dem Schoß. Er sah ratlos aus. Eigentlich war es eine große Aufregung, zu fliegen. Der kleine Max liebte Flugzeuge und wollte manchmal einen Ausflug zum Flughafen machen, um den Starts und Landungen zuzusehen. Marisa und er waren schon mehrmals zum großen Max geflogen, übers Wochenende. Aber diesmal war es anders. Der große Max war gestorben, hatte Marisa gesagt.

»Wir wohnen im Hotel. Der große Max hat nämlich eine Schwester, die übernachtet in seiner Wohnung.«

Der kleine Max hatte darauf bestanden, seinen Kängurupulli mitzunehmen, obwohl Marisa dagegen gewesen war.

»Aber den Kängurupulli hatte ich doch an, als wir mit dem großen Max in den Bergen waren. Er hat ihm gefallen, das hat er gesagt, und mir gefällt er auch am besten. Ich finde ihn feierlich.«

Marisa hatte auf jeden Fall auch den dunkelblauen Nicki eingepackt, in der Hoffnung, Max am Morgen der Beisetzung überzeugen zu können, dass ihr der Nicki passender erschien, obwohl Max auf seine Weise natürlich auch Recht hatte. Sie lehnte den Kopf ins Polster zurück. Der große Max hätte wahrscheinlich den Kängurupullover vorgezogen.

Marisa hatte, dem großen Max zur letzten Ehre, ein schönes Hotel gebucht. Das Fenster ging auf einen parkähnlichen Garten hinaus. Eine weiße Brunnenstatue schimmerte geheimnisvoll im Dunkel. Der Brunnen war über Nacht abgestellt worden, damit sich niemand vom Plätschern des Wassers gestört fühlte. Marisa und der kleine Max öffneten beide Fensterflügel und lehnten sich hinaus. Über ihnen flackerten ein paar vereinzelte Sterne. Der Himmel schien sonderbar leer. Der Mond war nicht zu sehen.

»Wo ist der große Max jetzt?«, fragte das Kind.

Marisa antwortete nicht.

»Ein Teil geht in den Himmel«, gab Max sich selbst eine Antwort, »und ein Teil geht in die Erde. Der Rest, der in der Urne ist.«

Ja, so wird es sein, dachte Marisa.

Sie hatte ihm erklärt, dass der große Max verbrannt werden wollte und sie morgen die Asche, die von ihm übrig geblieben war, in einer Urne begraben würden.

Es war kalt. Marisa und Max froren. Der Himmel war leer, und die Erde war es in diesem Moment auch. Es war, als wären sie ganz allein auf der Welt. Der kleine Max schauderte, und Marisa schloss schnell das Fenster.

Der Morgen war wolkenverhangen. Der kleine Max bestand auf dem Kängurupulli, und Marisa ließ ihm seinen Willen. Er würde ja doch in der Aussegnungshalle die Winterjacke anbehalten, dachte sie, nicht sehr zum Kämpfen aufgelegt.

Sie fuhren mit dem Taxi zum Friedhof.

Die Abdankungshalle füllte sich mit Menschen, die Max gekannt, von ihm gelernt, ihn geliebt, mit ihm zusammengearbeitet hatten.

Paula Rieser war die einzige Verwandtschaft, neben ihr saß Max' alter Freund Helmut, und Marisa gab sich einen Ruck und setzte sich mit dem kleinen Max dazu. Paula Rieser schien darüber nicht erfreut, aber Max' bester alter Freund war draußen schon auf sie zugekommen und hatte sie freundlich begrüßt.

»Ich möchte Sie nachher gern noch kurz sprechen«, hatte er gesagt, »ich hoffe, Sie kommen noch mit zu einem kleinen Imbiss, den Paula und ich für ein paar Bekannte ausrichten …«

Marisa hatte den Kopf geschüttelt.

»Nein, wir fliegen dann zurück. Es ist schon gut so. Aber vielen Dank für die Einladung …«

»Ist das die Urne?«, flüsterte der kleine Max und zeigte nach vorne, wo die Urne stand, umgeben von Blumen und Kränzen.

»Ja.« Marisa nickte und hielt die kleine Hand fest in ihrer.

»So wenig bleibt übrig?«

»Psst!«, flüsterte Marisa und nickte noch einmal.

Ja, so wenig blieb übrig. So erschreckend wenig, wenn man die Erinnerungen, Gefühle, Gedanken, Träume, wenn man all das, was einen Menschen ausmachte, abzog. *Ihr* Max war nicht in diesem kleinen Tongefäß. Das, was da stand, hatte nichts mit Max zu tun, war ein fremder, merkwürdiger Gegenstand mit Asche darin, der nichts in ihr auslöste.

Die Reden rauschten an ihren Ohren vorbei wie ein Singsang ohne Worte, ohne Sinn.

Die Orgel klang wie aus einer anderen Welt herüber, einer Welt, der Max nie angehört hatte, mit der ihn nichts verband.

Marisa fühlte sich fehl am Platz. Ihr war schrecklich unwohl.

Plötzlich wandte sie den Kopf. Max war da! Aber da stand kein Max. Hinter ihr saßen fremde Menschen, die der Orgel zuhörten. Und doch war er da. Sie wusste es, sie war sich ganz sicher. Sie spürte seine Anwesenheit, und sie wusste, welches Jackett er anhatte, das mit dem Fischgrätmuster! Und dann hörte sie seine Stimme. Es war keine richtige Stimme, und doch hörte sie ihn sagen:

»Ich habe solche Feiern immer gehasst. Ist es nicht schrecklich? Na ja, irgendwas müsst ihr mit meinen Überresten ja machen. Ist schon okay, Marisa, lass den Kopf nicht so hängen. Pass auf den kleinen Max auf. Und dir schick ich einen jugendlichen Liebhaber vorbei – wie besprochen.« Er schien zu grinsen. »Ich bin jetzt schon eifersüchtig auf den Kerl …«

Marisa lächelte. Wärme umgab sie. Der Himmel war nicht mehr leer. Max war da. Irgendwo, wo immer das sein mochte.

Er hatte ihr geantwortet.

»Frau Ambacher – ich muss noch eine Kleinigkeit mit Ihnen besprechen«, sagte der Mann, der der beste Freund vom großen Max gewesen war, und nahm sie am Arm, um sie ein paar Schritte zur Seite zu führen, wo niemand zuhören konnte.

»Max hat eine Art Testament hinterlassen, eine letzte Verfügung, die der Notar anerkannt hat. In dieser Verfügung vermacht er Ihnen 25 000 Euro. Er hatte keine Reichtümer, der Rest fällt an seine Schwester. Hier ist meine Karte und die des Notars. Geben Sie ihm und zur Sicherheit auch mir bitte Ihre Kontonummer an, damit das Geld überwiesen werden kann.« Marisa nickte stumm und reichte dem Freund ihres Freundes zum Abschied die Hand.

»Ich … ich werde Max vermissen. Er war mein einziger Freund. Wir kannten uns so lange. Eine Ewigkeit.«

Marisa hielt die Hand des Mannes einen Moment länger als nötig. Sie hatte Max keine Ewigkeit gekannt. Aber sie wusste, was er meinte. Max kannte man für ein ganzes Leben, für die Ewigkeit.

Abends um zehn klingelte nun kein Telefon mehr. Nur Marisa unterbrach sich bei dem, was sie gerade tat, um auf die Uhr zu sehen. Sie hatte im Gefühl, wann es zehn war, so, wie man schon vor dem Weckerklingeln aufwacht, weil die Weckzeit zur eingefleischten Gewohnheit geworden ist. Dann holperten die Sekunden und blieben für einen Moment stehen. In Marisa verstummten alle Gedanken, die Wohnung schien den Atem anzuhalten, die Katze hörte auf, sich zu putzen, und schaute Marisa an, die in einer Geste der Unbeweglichkeit gefror und zu lauschen schien, während sie den Kopf schräg hielt.

Aber es sagte keine Stimme »Hallo, Marisa«.

Kein Stein fiel in den Teich und löste zitternde Ringe auf der Wasseroberfläche aus. Kein leiser Schreck zog den Magen zusammen, weil das Läuten so unvermittelt und laut klang. Kein Wort schlich sich über die lange Entfernung in ihr Ohr und brachte sie zum Lachen. Kein Gegenüber war da, das ihr von seinem Tag erzählte und dem sie von ihrem Tag berichten konnte.

»Max ...?«, fragte sie manchmal in das Zimmer hinein, aber er gab keine Antwort.

Der kleine Max war in sich gekehrt. Er sagte nichts über

die Beerdigung und sprach nicht mehr vom großen Max. Er hatte nach seinem Vater auch seinen großen Freund verloren und konnte sich nicht erklären, wieso. In seinen Zirkusspielen starb der Dompteur. Ein Löwe hatte ihn angefallen, und die Zuschauer und der Zirkusdirektor hatten ihn nicht retten können.

Weihnachten rückte näher.

Marisa schüttelte den Schnee vom Schirm, holte die Zeitung aus dem Briefkasten und streifte die Stiefel ab. Freitagmorgen. Gerade hatte sie Max in den Kindergarten gebracht. Es war noch immer nicht richtig hell draußen, und allein der Gedanke, irgendetwas erledigen zu müssen, lähmte Marisa. Sie musste Weihnachtsgeschenke für den kleinen Max besorgen. Vor allem das Fahrrad. Er wusste ganz genau, wie es aussehen sollte. Schon seit Tagen wollte sie einen Weihnachtsbrief an ihren Bruder in Australien schreiben und bei dieser Gelegenheit ein paar Fotos entwickeln lassen, die sie von Max gemacht hatte, damit sein Onkel und seine Tante sich etwas unter ihrem Neffen vorstellen konnten. Aber die Vorstellung, in die Stadt und in die Läden zu gehen, machte sie so müde, dass sie sich am liebsten gleich ins Bett verkrochen hätte. Mit allen Kleidern, ohne sich auszuziehen.

Die vorweihnachtliche Hektik und die Notwendigkeit, sich hineinzustürzen, gehörten eindeutig zu den schweren

Dingen. So schwer, dass sie sich erst einmal in den Korbstuhl in der Küche setzte und aus dem Fenster sah. Sie sah direkt auf ihren Rosenbusch, auf dem die Schneeflocken sich niederließen und dessen Zweige sie in Weiß nachzeichneten. Er hatte immer noch ein paar letzte Blätter, sie würden unter der Last des Schnees zu Boden fallen.

Der Duft des Freitagmorgen-Kaffees wirkte. Marisa stellte die Tasse neben sich, wickelte sich in eine Decke und beschloss, nett mit sich zu sein.

»Marisa«, sagte sie zu sich selbst, »du brauchst heute nicht in die Stadt. Du kannst das alles morgen machen oder in den nächsten Tagen – in der Mittagspause, schnell nach der Arbeit … Wenn du willst, darfst du einfach hier sitzen bleiben. So lange du willst. Bis du die Nase voll hast vom Herumsitzen. Du kannst die Zeitung lesen. Aber du musst es nicht. Wenn du keine Lust dazu hast, lass es. Wenn du zu träge bist, um die Milch aus dem Kühlschrank zu holen, dann trink den Kaffee eben schwarz.«

Nein, so schlimm war es nicht. Schwarzer Kaffee, nein.

Sie vertiefte sich in die Zeitung und vergaß für eine Weile ihre eigene kleine Welt über den Sorgen der großen Welt.

Es klingelte. Sie drückte den Türknopf und streckte den Kopf aus der Wohnungstür. Wer sollte jetzt, mitten am Morgen, vorbeikommen? Ihre Freundinnen waren alle berufstätig. und das, anders als sie, auch am Freitag.

Es war der Briefträger.

»Hallo!«, rief Marisa. »Guten Morgen!«

Er stieg zögernd die wenigen Steinstufen hinauf und blieb vor ihr und der Wohnungstür stehen, einen Brief und eine Rose in der Hand.

Marisa sah ihn entgeistert an. Der Briefträger lächelte entschuldigend. »Ich habe den Absender gesehen. Ich fürchte, es ist der Brief, mit dem Sie gerechnet haben.«

Marisa sah ihn nur an.

»Die Rose ist für Sie. Weil Ihr Rosenstock da draußen nicht blüht und weil es noch nicht Frühling ist. Nehmen Sie 's nicht so schwer.« Er lächelte, und bevor Marisa noch etwas antworten konnte, war er schon wieder verschwunden.

Ein Rosenkavalier, der einen Brief überbringt und eine Botschaft. Der Brief war die Kündigung. Die Botschaft war eine andere.

Die Zeitung gab ihr drei Monate Kündigungsfrist, obwohl gesetzlich nur zwei Monate vorgeschrieben gewesen wären. Ende März, zum Frühlingsanfang, würde sie keine Stelle mehr haben. Marisa setzte sich in den Korbsessel und wartete auf ihre Gefühle, auf Wut und Angst. Aber sie fühlte nichts. Nein, so war es ja gar nicht – da *war* ein Gefühl, nur dass es nicht hierher zu passen schien. Sie fühlte sich erleichtert. Ja, tatsächlich. Erleichtert.

Marisa saß da und war überrascht. Wie konnte das sein? Dass sie sich gut fühlte, diesen Brief in der Hand, der sie doch in Existenzangst hätte versetzen müssen? Bei der gegenwärtigen Beschäftigungslage. In ihrer Situation!

Nichts.

In ihr war Ruhe, Frieden, Zuversicht.

So, wie sie über Michaels Scheidungswunsch nicht zusammengebrochen war, nahm sie die Kündigung sachlich und pragmatisch zur Kenntnis. Mehr noch: Sie war einverstanden!

Wie merkwürdig – seit Wochen, Monaten war die Angst ihr Begleiter gewesen. Sie hatte schon gar nicht mehr gewusst, wie es sich ohne die Angst lebte, verlassen und gekündigt zu werden, alles auf einmal zu verlieren, die Liebe eines Menschen, das, was man eine Familie nennt, ihr Selbstvertrauen und die Existenzgrundlage. Alles, was sie befürchtet hatte, war eingetreten, und noch dazu war der große Max gestorben, hatte sich davongestohlen und sie auch verlassen.

Marisa stand in der Küche, verwirrt davon, wie die Wirklichkeit sich von der Vorstellung unterschied, die sie sich davon gemacht hatte.

Die Angst war von ihr abgefallen. Marisa streckte sich leicht, stand aufrecht da. Als ob sie ein paar Zentimeter gewachsen wäre. Das war das Gewicht der Angst, das von ihr genommen war. Sie hatte plötzlich einen Riesenhunger und das Bedürfnis, etwas zu feiern, ganz mit sich allein. Sie legte den Brief neben die Rose. Die Botschaft war in der Rose, nicht im Brief. Sie lag im Neuanfang, nicht im Abschied, sie war zwischen den Blütenblättern, die eine Knospe waren, bereit, sich zu entfalten. Die Botschaft war das Leben!

Marisa träumte. Sie war in einem Garten und bestaunte die Vielfalt der Blumen, die dort wuchsen. Die einen, wie die Rosen, waren in Beeten zusammengefasst und offensichtlich von einem Gärtner gepflegt worden. Die Stauden waren beschnitten, das Unkraut gejätet, die Farben wundervoll aufeinander abgestimmt. Die blauen Lavendelblüten hoben das Pink der Rosen hervor, ein Meer von Blau-, Violett- und Rot-Tönen breitete sich vor ihr aus, in anderen Beeten leuchtete es gelb und orange zwischen dem dichten Grün auf. Aber nicht der ganze Garten war auf dem Reißbrett komponiert worden. Es gab Wiesenstücke, die nicht gemäht waren, auf denen die Feldblumen kunterbunt wuchsen, blau und gelb, rosa und weiß, Inseln im grünen englischen Rasen. Dort stand das Gras hoch, und der leichte Wind ging in Wellen darüber. Beide Gartenformen waren wunderschön. Marisa ließ sich bei den üppigen Rhododendronbüschen nieder, die in voller Blüte standen. Sie war schläfrig und zufrieden. Ein paar Hummeln summten, und das Summen versetzte sie in einen tranceähnlichen Zustand. Es war heiß, sommerheiß, die Augen fielen ihr zu. Unter den geschlossenen Augenlidern spürte sie, dass sich ein Schatten über ihr Gesicht legte, sie öffnete die Augen und sah, dass der junge Briefträger sich über sie beugte. Sie schloss die Augen wieder. Dann spürte sie einen Kuss auf ihren Lippen, leicht, warm, flüchtig, als hätte jemand ein Blütenblatt auf ihren Mund gelegt und es dann fortgeblasen. Marisa erwachte.

Das Leben hat mich berührt, dachte sie. Wunderschön hat es mich berührt, und sie zog die Bettdecke unter das Kinn und schlief noch einmal ein.

Die Frau vom Schulamt hatte die Kinder im Kindergarten auf ihre Schulreife getestet und besprach das Ergebnis zusammen mit der Kindergärtnerin und den Eltern. Sie sah ganz anders aus, als man sich eine Frau vom Schulamt vorstellt. Sie war sehr jung, ungezwungen und hatte grüne Haarsträhnen.

»Bei Max ist das Ergebnis auf der Kippe«, sagte sie. »Man könnte ihn einschulen, wahrscheinlich ginge alles ganz prima. Aber man könnte ihn auch noch ein Jahr zurückstellen. Er ist sehr kindlich und verträumt, und ich frage mich, ob man ihm die Träume jetzt schon austreiben sollte. Er hat viel Fantasie, und je länger er sie behalten kann, umso besser. Wenn Sie natürlich sehr ehrgeizig mit ihm sind, könnten Sie es ohne weiteres mit der Einschulung versuchen. Aber ich höre gern darauf, was die Kinder selbst sagen. Und Max hat mir ganz unmissverständlich zu verstehen gegeben, dass er noch ein Jahr hier bleiben will. Ich wäre dafür, ihm diesen Wunsch zu erfüllen. Er wird dieses Jahr, in dem er noch Kind sein und spielen darf, später, was das Lernen angeht, wie nichts nachholen.«

Marisa war erleichtert. Ja, das waren gute Nachrichten. Es würde Max gut tun nach allem, was geschehen war, nicht noch die vertrauten Menschen im Kindergarten zu verlieren und neben dem Schmerz des Verlusts auch noch die erste Kindheit zurücklassen zu müssen.

Sie suchte Max und fand ihn im Malzimmer, wo er hingegeben an seinem Arktisbild pinselte. Marisa strich ihm die Haare aus dem heißen Gesicht und sagte:

»Du, ich hab mit der Frau vom Schulamt gesprochen. Sie findet auch, du könntest noch ein Jahr hier bleiben. Wie findest du das?«

»Supergeil«, sagte er nur und wandte sich wieder seinem Bild zu.

Vor dem Haus hielt der Lastwagen einer Speditionsfirma. Kurz darauf klingelte es an Marisas Wohnungstür.

»Wir bringen einen Sessel«, sagte der Mann, der geschellt hatte, und hielt ihr einen Lieferschein entgegen.

Wenige Minuten später stand der große Ohrensessel im Wohnzimmer. Es war, als hätte der große Max die Wohnung betreten und darin Platz genommen, einen Platz, den er nun für immer und nicht mehr nur als Gast für ein Wochenende einnehmen würde. Marisa setzte sich auf den Sessel. Vorsichtig, andächtig. Noch war es Max' Sessel, und sie hatte eine Scheu vor dem Tod, der seine Hand auf die Lehne gelegt hatte. Aber nach und nach würde es ihr Sessel werden, so wie Max – oder das, was sie von ihm gelernt hatte – ein Teil ihrer selbst werden würde.

Der kleine Max setzte sich ans Klavier und begann ein Glockenkonzert zu spielen. Marisa saß in ihrem Sessel wie eine Zuschauerin im Konzertsaal, aufrecht, aufmerksam, die Hände im Schoß.

Die Dreiklänge, fragend und traurig, erfüllten den Raum. Das Gewicht lag bei den tiefen, tragenden Glocken, und nur zaghaft, verzögert durch Pausen, setzte der kleine Max mit der rechten Hand einen einsamen, helleren Ton dagegen. Die dunklen Klänge wiederholten sich, wieder und wieder, als gäbe es kein Entrinnen, kein Fortkommen aus dem Meer der Traurigkeit. Und doch klang die Musik nicht monoton, weil Max sie unmerklich veränderte. Ein Silberstreif erschien am dunklen Horizont des Raums, den er mit seinen Tönen malte, und verschwand wieder. Dann aber, nach einer ganzen Weile, stieg das Licht wirklich über dem Dunkel auf. Die hellen Töne nahmen zu, wurden strahlender und leuchtender und triumphierten schließlich über die Dunkelheit. Die tiefen Akkorde wurden leiser, begehrten noch einmal auf und verebbten, und Max begann übergangslos ein Weihnachtslied zu spielen, das er gerade in der Klavierstunde übte.

»Macht hoch die Tür, das Tor macht weit…«, spielte er. Es war, als ließe er die Freude in sein und Marisas Herz einziehen und über die Dunkelheit und Unsicherheit, die Angst und den Schmerz siegen.

Am Abend, als der kleine Max schon schlief, setzte sich Marisa an den großen dunklen Küchentisch mit den Löwenfüßen. Vor sich hatte sie ein weißes Blatt Papier. Sie kaute am Ende ihres Bleistifts und fixierte das schwarze Rechteck des Fensters, diesen Ausschnitt Dunkelheit, der von draußen hereinfiel, als müsse sich aus dieser Blackbox jetzt gleich eine Erscheinung lösen und zu ihr sprechen.

Und dann schrieb sie auf das weiße Blatt:

»Neuanfänge. Wie Frauen nach einer Trennung oder einem Verlust ihr Leben verändern.«

Sie lehnte sich zurück und sah auf die Zeilen, die sie geschrieben hatte. Ja. Das war es.

Darüber würde sie schreiben. Interviews machen. Lesen.

Plötzlich fühlte sie, wie Max ihr aus dem Korbsessel, der beim Fenster stand, zunickte. Er fand das Thema gut! Sie wusste es.

Freude breitete sich in ihr aus wie eine Sonne, die alle Glieder wärmt. Sie schob den Stuhl zurück, stand auf und drehte übermütig ein paar Pirouetten, zog die Kühlschranktür mit Schwung auf, holte die Flasche Champagner heraus, die dort seit sehr langem auf einen würdigen Anlass wartete, und ließ den Korken knallen. Er prallte gegen die Decke, und es dauerte nur Sekunden, bis Frau Klaghaus von oben mit dem Besen klopfte. Aber Marisa machte sich nichts daraus. Sie hob das Glas, sagte: »Max, auf dich! Auf mich. Auf meinen ersten Artikel seit langem. Und auf das Leben!«

Sie legte kubanische Musik auf, tanzte dazu und ließ Frau Klaghaus klopfen.

Das Weihnachts-Fahrrad für Max stand im Keller, ein Päckchen für Linda und Jakob war auf den Weg nach Australien gebracht, der Weihnachtsbaum war gekauft und wartete nur noch darauf, abgeholt zu werden. Mit Michael hatte Marisa vereinbart, dass sie am ersten Weihnachtstag zusammen mit Max zu Michaels Eltern fahren würden, wie das immer Tradition gewesen war. Max und Michaels Eltern würden glücklich sein, diese Tradition aufrechtzuerhalten, und Marisa fand das Opfer nicht allzu groß, das sie damit brachte.

Marisa war selbst erstaunt, wie gelassen sie geworden war.

Seit sich die Lage im Büro geklärt hatte – Sabine hatte ihren Arbeitsplatz behalten, einer der Familienväter und Marisa mussten gehen –, dachte Marisa nicht mehr so viel nach. Es war, wie es war, und im neuen Jahr würde sie anfangen, sich zu bewerben. Die Arbeitslosenversicherung war ein Netz, dass sie vor einem allzu heftigen Aufprall bewahrte, und dann war da noch das Geld vom großen Max. Der gute Max! Damit hatte sie nun gar nicht gerechnet. Sein Geschenk verschaffte ihr auf jeden Fall finanziell für eine Weile Luft. Sicher würden die Angst und die Zukunftssorgen wiederkommen. Aber sie hatte nun die Erfahrung gemacht, dass sie auch verschwinden konnten, dass sie nicht die Herrschaft über ihre Gefühle übernehmen mussten und dass es sich ohne sie viel besser leben ließ. Jetzt freute sie sich auf Weihnachten und die Tage, die sie mit dem kleinen Max zusammen sein konnte. Sie wollten richtig schön Weihnachten feiern, und Marisa fand, sie beide hatten das auch wirklich verdient.

Trotzdem legte sich in diesen letzten Tagen vor Weihnachten ein Schatten über ihre Seele. Es war ein alter Schatten, der jedes Jahr wiederkam und Marisa heimsuchte wie ein schwarzer Vogel, der mit seinen dunklen Schwingen über ihr kreiste und dessen Flügelschlag ihr Herz beengte. Sie war machtlos gegen das Gefühl der Einsamkeit und Verlassenheit, das sie dann überkam, und nichts konnte den Schmerz aus der Vergangenheit, der nicht vergehen wollte, überdecken oder vertreiben. Sie wusste es: Dieser alte Schmerz beanspruchte sein Recht und ging erst wieder, wenn sie ihn gespürt und eine Weile lang ertragen hatte, ohne sich dagegen zur Wehr zu setzen. Er gehörte zu ihr, und er würde sie nie ganz verlassen. Er war die dunkle Hälfte des Mondes, den der kleine Max gemalt hatte.

Eine von Marisas guten Freundinnen, Lily, hatte vorgeschlagen, am vierten Advent mit den Kindern auf den Weihnachtsmarkt zu gehen und mit Zuckerwatte, gebrannten Mandeln, Lebkuchen und Glühwein Weihnachten einzuläuten. Marisa und Max fanden das eine gute Idee, und selbst Lilys Mann ließ sich von den vorweihnachtlichen Gefühlen anstecken und wollte mitkommen.

Max wollte auf dem Weihnachtsmarkt ein Geschenk

für Minette, die Katze, kaufen, die inzwischen auf dem unteren Kajütenbett schlief und sich manchmal hinauf zu Max ans Fußende schlich, wo er sie dann am Morgen beim Aufwachen zu seiner Freude fand. Marisa wandte ein, auf dem Weihnachtsmarkt gebe es vielleicht nicht gerade das richtige Geschenk für eine Katze, aber Max ließ sich von seiner Idee nicht abbringen, weil er überzeugt war, Minette müsse Süßigkeiten genauso lieben wie er.

Es war kalt, aber Schnee war in den letzten Tagen nicht gefallen. Trotzdem funkelte der Weihnachtsmarkt – nicht vom Schnee auf Dächern und Plätzen, dafür aber im bunten Geglitzer der Buden, um die sich die Menschen drängten. Es duftete nach warmen Waffeln, nach Magenbrot und Lebkuchen, und darunter mischte sich der Geruch von Bratwurst und Kartoffelpuffern. Max, Lisa und Thomas, die Kinder, zog es zu den süßen Sachen; Lily, Jürgen und Marisa versuchten dagegen, das ganze Grüppchen hinüber zu den Ständen zu lotsen, wo es die herzhafteren Genüsse und den Glühwein gab. Das Gedränge war riesig – nicht, dass sie die Kinder plötzlich aus den Augen verloren!

Die Frage, was Minette zu Weihnachten bekommen sollte, war nicht ganz einfach zu lösen. Max sah ein, dass das, was ihm schmeckte, nicht eben das Beste für Minette war. Und sonst gab es nur Steingutgeschirr und Christbaumschmuck, Kerzen und Krippenfiguren, Kinderpullover, Mützen, Tee und Gewürze, Spielsachen und Musik-CDs. Max wurde zusehends ratloser und die anderen ziemlich ungeduldig. Wie durch ein Wunder fanden sie schließlich eine graue, fellüberzogene Maus, und alle waren sich einig: Die würde Minette ganz sicher gefallen.

Sie waren lange draußen gewesen, es blies ein kalter Wind. Er drang durch die Winterkleider, und alle hatten trotz ihrer Handschuhe und Stiefel rote, steife Hände und kalte Füße. Max hustete – es war an der Zeit, heimzugehen.

Am Dienstag nach dem vierten Adventssonntag war Heiligabend. Marisa arbeitete am Montag nicht mehr. Sie hatte zwei Wochen Ferien, und alles war wunderbar – bis auf den Husten, der Max quälte. Am Montagnachmittag hatte er Fieber und klagte über Halsschmerzen. Kaspar kam schnell vorbei, untersuchte ihn und verschrieb Antibiotika für den Fall, dass es Max über Weihnachten schlechter ginge.

»Ihr müsst jetzt wirklich an eine Operation denken«, sagte er beim Gehen zu Marisa. »Das hier nimmt ihn mehr mit als der Eingriff, so ungern ich zu einer Operation rate. Aber glaub mir, es wird ein neuer Lebensabschnitt für ihn beginnen, wenn die Mandeln heraus sind. Ich bin sicher, er wird einen Schritt nach vorn machen, seinen Kummer auf andere Weise und vielleicht offener ausdrücken, wenn du ihm dabei hilfst. Du musst im neuen Jahr einen Neuanfang machen. Notgedrungen und auch, weil du selbst so weit bist. Für Max gilt das Gleiche.

Ist doch schön, dass immer wieder ein neues Jahr beginnt ...«

Er umarmte den fiebrigen Max, küsste Marisa auf die Wange, nahm eine Tüte mit Zimtsternen und Mandelplätzchen, die Marisa gebacken hatte, und beeilte sich, wieder nach Hause zu kommen. Maja hatte noch eine lange Liste mit Aufgaben, die auf ihn warteten.

Marisa richtete Max auf dem Wohnzimmersofa ein gemütliches Bett her. Minette strich um das Sofa herum, das anders aussah als sonst, sprang schließlich auf die Bettdecke und rollte sich zusammen. Max streichelte sie, und sie schnurrte wie eine Schmusekatze, wozu ihr eingerissenes Ohr nicht recht passte. Die zwei waren unzertrennlich geworden, und Minette schien zu spüren, wenn Max krank war. Sie wich dann nicht von seiner Seite – außer wenn es was zu fressen gab, versteht sich.

Mit Marisa hatte sie einen Burgfrieden geschlossen. Manchmal, aber nur wenn Max nicht da war, ließ sie sich auch in ihrer Nähe und auf ihrem Schoß nieder.

Es war nie jemand aufgetaucht, der nach der Katze gefragt hätte, niemand hatte in der Gegend eine Suchanzeige aufgehängt, und inzwischen fragte sich Marisa nicht mehr, wo Minette herkam und wo sie wohl ursprünglich hingehörte. Es war, wie es war, und nun waren sie eben wieder zu dritt. Immerhin war das Zusammenleben mit Minette friedlicher als die letzte Zeit mit Michael!

Michael. Michael war noch immer erstaunt, dass Marisa

so ohne Widerstand in die Scheidung eingewilligt hatte. Und seit sie einfach und ohne große Umschweife sagte, was sie von ihm erwartete und brauchte, funktionierte der Austausch zwischen ihnen ganz gut. Entweder weil er noch immer von der neuen Marisa überrascht war oder weil sie ihm gefiel – Michael war kooperativer, als sie je vermutet hätte.

Komisch, dachte sie manchmal, was die kurzen Haare alles bewirkt hatten! Oder ihre Bereitschaft, sich den Tatsachen zu stellen. Oder die Entschlossenheit, ihr Leben selbst in die Hand zu nehmen.

Ja, es war Zeit, dass das alte Jahr zu Ende ging. Kaspar hatte Recht. Auch für Max musste es eine Zäsur geben, einen Neuanfang. Gleich im neuen Jahr würde sie Kontakt zu einem Hals-Nasen-Ohren-Spezialisten aufnehmen.

Der 24. Dezember begann mit heftigem Wind und einem peitschenden Regen. Max, dessen Fieber trotz der Wadenwickel, die Marisa ihm gemacht hatte, gestiegen war, schlief einen fiebrigen, unruhigen Schlaf.

Es wollte nicht hell werden. Der Blick aus dem Fenster war ein Blick in die Finsternis. Marisa saß vor ihrem Frühstück und war verzagt. In ihrem Innern sah es nicht viel besser aus als da draußen. Die Aufbruchstimmung, die sie fühlte, brach manchmal von einer Minute auf die andere zusammen wie ein Kartenhaus, und das ganze Elend war wieder da. Und weil es niemand sehen konnte, verdrückte sie ein paar Tränen. Sie hatte Mitleid mit sich. Und war das nicht schließlich auch angebracht? Sie war mutterseelenallein. Ihr Mann wollte sich von ihr scheiden lassen, der große Max war gestorben, sie hatte die Stelle verloren – alles gerade rechtzeitig zum Fest der Liebe. Und sie war schuld daran, dass Max so traurig war. Dass er sich nach seinem Vater sehnte. Die Schluchzer wurden heftiger. Warum konnte sie es nicht besser machen? Warum konnte sie nicht dafür sorgen, dass ihr Kind glücklich war? Das wollte sie doch: dass der kleine Max glückstrahlend unter dem Weihnachtsbaum saß, im Kreis seiner Familie. So, wie sie sich das als Kind immer gewünscht hatte. Sie war eine Versagerin.

Es widersprach ihr niemand.

Im Radio dudelten sie zu Schlagern verwurstete Weihnachtslieder.

Ihre Tränen tropften in die Kaffeetasse. Der Kaffee war kalt geworden. Das Brot war dröge. Sie hatte sich nicht aufgerafft, Brötchen zu holen. Sie musste sowieso hetzen: Weihnachtsbaum holen, einkaufen.

Minette setzte sich neben sie. Genau, auch Katzenfutter musste sie kaufen. Sie sah die Katze unter einem Tränenschleier hilflos an.

Minette zuckte mit dem angerissenen Ohr und gab einen Ton von sich. Er klang verständnisvoll und einvernehmlich. Das entlockte Marisa ein Lächeln, und wie auf dieses Zeichen hin sprang die Katze auf ihren Schoß, machte ein paar unentschlossene Bewegungen und ließ sich schließlich nieder. Marisa spürte das warme, lebendige, atmende Gewicht auf ihrem Schoß. Die Tränen flossen noch einmal, tropften auf Minettes getigertes Fell und versiegten dann. Marisa strich über das Fell, die Katze hielt still und ließ es zu.

»Mäxchen, komm, trink ein bisschen Tee mit Honig!« Marisa hielt Max im Arm. Er war schläfrig. Jetzt, am Morgen, war das Fieber etwas gesunken, aber am Mittag würde man sehen, ob das nur der typische Verlauf am Morgen war oder ob es ihm wirklich besser ging. Auf jeden Fall musste er viel trinken und möglichst auch etwas essen.

»Magst du ein paar Löffel Apfelbrei?« Max schüttelte den Kopf.

»Doch, Max, nur ein paar Löffelchen. Ich füttere dich!«

Widerwillig öffnete er den Mund.

»Pass auf. Ich schüttele jetzt das Sofa-Bett schön auf, und dann kannst du dich wieder richtig einmuckeln und noch mal schlafen. Ich geh schnell einkaufen und hole den Weihnachtsbaum, den wir zusammen ausgesucht haben. Minette bleibt bei dir und passt auf dich auf. Ich weiß, dass sie das wunderbar machen wird.

Und dann kannst du vom Sofa aus zusehen, wie ich den Baum schmücke. Nächstes Jahr machen wir das dann wieder zusammen, aber heute musst du dich ruhig halten, damit es nicht schlimmer wird mit dem Hals und du dich am Abend auch freuen kannst, wenn das Christkind die Geschenke bringt.«

Max erwiderte nichts. Die Augen fielen ihm schon wieder zu.

Die Leute im Supermarkt benahmen sich, als stünde die Sintflut bevor, und deckten sich mit Lebensmitteln ein, die ganze Großfamilien für Wochen ernährt hätten. Auch Marisa ließ sich hinreißen, mehr zu kaufen, als sie vorhatte, und schleppte zwei Tragetüten heim, die, weil sie keinen Regenschirm aufspannen konnte, gefährlich durchgeweicht waren, als sie zu Hause ankam. Sie schloss leise die Tür auf und sah nach Max. Er schlief. Minette lag auf der Decke und sah sie an. »Psst!«, schien sie zu sagen, und Marisa ging auf leisen Sohlen wieder hinaus, um den Weihnachtsbaum abzuholen.

Mist, dachte sie, der Baum wird völlig nass sein, und es wird eine Schweinerei geben, wenn ich ihn aufstelle. Von ihrem Anorak troff der Regen.

Auf dem Christbaummarkt war es ruhig. Die meisten hatten ihren Baum bereits geholt, und der Mann, bei dem sie den Baum gekauft hatte, hatte schon ein Netz über Marisas Baum gezogen, sodass sie ihn besser heimtragen konnte. Er nickte freundlich, als er sie sah, und hob die schwarze, harzige Hand zum Gruß. Von seinem Gummizeug perlte das Wasser ab.

»Bald packe ich hier zusammen. So ein Sauwetter«, sagte er.

Marisa nickte und hob den Baum an, eine schöne, große, gleichmäßig gewachsene Rottanne. Marisa war immer wieder überrascht, dass die Bäume gar nicht so schwer waren, wie sie vermutete; sie würde die Strecke ganz gut allein schaffen, weil der Platz nicht weit weg von der Wohnung gelegen war.

Der Wind trieb den Regen in Böen vor sich her. Das Wetter war so schrecklich, dass man schon wieder seinen Humor darüber fand, wenn man nicht ununterbrochen lamentieren wollte. Und das war nicht Marisas Art. Aber zu den schweren Dingen im Leben gehörte dieser Morgen des Heiligen Abends schon.

Marisa rubbelte sich die Haare. Die Dusche hatte sie aufgewärmt. Die klatschnassen Sachen hatte sie über die Heizung gehängt. Der Regen war so eisig, dass sie sich fragte, warum er nicht als Schnee herunterkam. Darüber hätten sich alle gefreut. So gab es sicher ganz viele misslaunige Väter und Mütter und Kinder, die das Christkind jetzt aufmuntern musste.

Um es dem Christkind damit nicht ganz so schwer zu machen, beschloss sie, eine Verschnaufpause einzulegen.

Max bekam ein zartes kleines Rührei, das gut rutschte, Tee und neue Wadenwickel, sie eine fette überbackene Käseschnitte mit Spiegelei und ganz vielen Kalorien. Und nach dem Essen würde sie ganz gemütlich den Baum schmücken.

Der Baum reichte fast bis zur Decke, und seine Zweige verströmten Tannenduft. Er mischte sich mit dem Duft der Mandarinen, die sie mit Nelken gespickt hatten – eine belebende Duftmischung, schöner als jede Aromatherapie.

Marisa begann den Baum zu schmücken. Max dirigierte vom Sofa aus, wo sie die roten Kugeln hinhängen sollte – mehr mit Gesten als Worten, weil ihn das Sprechen anstrengte und das Schlucken so wehtat.

Die roten Christbaumkugeln glänzten sanft und warm, und als die roten Kerzen dazukamen, war der Baum so schön wie aus dem Bilderbuch. Jetzt noch die letzten Verzierungen. Es fehlten ja noch die kleinen Schaukelpferde, Trompeten, Engel …

Marisa wollte sich gerade daranmachen, sie aus der Tüte zu kramen, in der sie das ganze Jahr über verstaut waren, als es klingelte.

Mein Gott, wer ist das denn? Heute Nachmittag, an Heiligabend!, dachte Marisa und ging zur Tür.

Der Türöffner summte eine Weile, ehe die Haustür aufgedrückt wurde. Ein alter Mann stand im Treppenhaus, kam die wenigen Stufen zu Marisas Wohnung herauf und sagte:

»Guten Tag. Ich wohne hier.« Er ging zielstrebig auf ihre Wohnungstür zu. »Ja … das ist meine Wohnung.«

Du großer Gott, dachte Marisa, das hat mir gerade noch gefehlt. Ein alter Mann, der behauptet, in meiner Wohnung zu wohnen. Ist das der jugendliche Liebhaber, den du mir vorbeischicken wolltest?, fragte sie in Gedanken den großen Max und verdrehte die Augen.

Der alte Mann stand zitternd vor ihr. »Ich bin so froh, dass ich wieder zu Hause bin«, sagte er. Marisa seufzte.

»Sie sind ja ganz durchnässt«, sagte sie dann, »haben Sie denn keinen Schirm dabei?«

Der Mann überhörte die Frage:

»Das ist meine Wohnung. Ich möchte hinein.«

»Also … es ist *auch meine* Wohnung«, sagte Marisa ein bisschen unwirsch und ließ den Alten eintreten.

Sie nahm ihm die durchweichte Winterjacke ab und hängte sie über die Heizung.

Offensichtlich war der Mann verwirrt. Marisa bat den merkwürdigen Besucher ins Wohnzimmer.

»Wollen Sie sich setzen?«

Sie zeigte auf einen Sessel. Der Alte nickte nur und setzte sich. Max guckte ihn neugierig an und zog den Teddy schutzheischend zu sich heran.

»Sie sind wohl lange im Regen herumgelaufen? Möchten Sie etwas Heißes trinken?«

Der Mann nickte wieder.

»Tee?«

Keine Antwort.

»Milch?«

Der Mann nickte.

Marisa verschwand in der Küche, selbst nicht wenig verwirrt über den unerwarteten Besuch, der da ins Haus geschneit war. Als sie mit der warmen Milch wiederkam, fiel ihr ein, dass der Alte vielleicht auch Hunger hatte.

»Haben Sie Hunger? Möchten Sie etwas essen?«

»Ja«, sagte der Mann. »Ich wohne hier.« Er nickte noch einmal ernst und bestätigend mit dem Kopf.

»Ja, Hunger.« Ein Lächeln überzog sein Gesicht, als er die Milch an die Lippen setzte.

»Ich kann Ihnen ein Brot machen. Mit Butter und Marmelade?«

Der Mann lächelte wieder und nickte.

Max starrte den Besuch unverwandt an.

»Und du, Max, willst du ein Glas Himbeersirup?«

Max wollte nun auch etwas trinken und essen.

Marisa stand in der Küche und hätte am liebsten gleichzeitig geweint und gelacht. Weihnachten einmal anders. Völlig anders, als sie es sich vorgestellt hatte.

Der Mann schien zufrieden. Er saß ganz ruhig in seinem Sessel, die Milch vor sich, das Brot in der Hand. Früher haben wir Zuckerbrot gegessen, dachte Marisa und spürte den Geschmack des krümeligen Zuckers, der sich mit Butter vermischt hat, auf der Zunge, während sie dem Kind und dem alten Mann beim Essen zusah.

»Wer sind Sie? Wie heißen Sie denn?«, fragte sie, als der Mann fertig gegessen hatte.

Sie bekam keine Antwort.

»Wissen Sie Ihren Vornamen?«

Der alte Mann dachte nach. Marisa sah, wie es in seinem Kopf arbeitete. Er antwortete nicht.

»Haben Sie Kinder?« Sie konnte nicht mehr als es versuchen.

Er gab sich alle Mühe, strengte sich furchtbar an, sich zu erinnern. Max sah ihm gespannt ins Gesicht.

Der Mann schüttelte den Kopf.

»Nein, ich habe keine Kinder.«

»Aber vielleicht haben Sie noch eine Frau?«

Der Unbekannte schüttelte heftig den Kopf.

Max und Marisa sahen sich ratlos an. Max verstand, dass dies etwas sehr Merkwürdiges war: ein alter Mann, der nicht wusste, wie er heißt, der nicht wusste, ob er eine Familie hat, und der glaubte, dass er hier und nirgendwo sonst zu Hause war.

»Möchten Sie noch etwas essen? Haben Sie noch Hunger?«, fragte Marisa hilflos.

Der Fremde lächelte wieder. Ein breites, wohliges, glückliches Lächeln. Es steckte an: Auch Max und Marisa mussten lächeln. Eigentlich war er ein netter Besucher.

Aber er konnte ja nicht einfach immer hier sitzen und essen und trinken und dableiben. Marisa malte sich die nächsten Stunden aus. Was sollte sie tun? Sie musste doch irgendwie herausfinden, wer der Mann war, wo er herkam und wo er hingehörte. Er musste doch irgendwo hingehören. Er war kein verwirrter Obdachloser, er war ordentlich und gut gekleidet. Offensichtlich wurde für ihn gesorgt. Warum war er fortgelaufen? Und warum kam er gerade hierher, musste an ihrer Klingel läuten und auf ihrem Sessel sitzen? Heute, an Weihnachten?

Marisa goss sich einen klaren Schnaps ein. Den brauchte sie jetzt. Plötzlich musste sie lachen. Dieser Alte, der stundenlang im Regen herumgelaufen war, der keinen Namen mehr kannte, sich an seine Familie nicht erinnerte, der nirgends mehr hingehörte, weil er nicht mehr behalten konnte, wo das hätte sein können, hatte Durst! Er hatte einen Riesenhunger! Er wollte es hier, bei ihr, warm und gemütlich haben. Das Leben gefiel ihm ganz gut!

Marisa glaubte nicht an den lieben Gott, aber manchmal hatte sie das Bedürfnis, sich bei irgendwem zu bedanken, deshalb dachte sie jetzt: Lieber Gott, vielen Dank, dass du diesen alten Mann geschickt hast, um mich zu trösten. Er kriegt jetzt noch ein schönes Brot und Max ein Vanilleeis für seinen armen Hals.

»Weißt du wirklich nicht, wie du heißt und wo du wohnst?«, fragte Max gerade den Weihnachtsbesucher, als Marisa hereinkam.

Der lächelte freundlich und sagte: »Aber ich wohne hier.«

»Ich wohne auch hier«, sagte Max. »Willst du mal meinen Teddy sehen?« Er reichte dem Mann seinen Teddy herüber. Der alte Mann nahm den Teddy und setzte ihn auf seinen Schoß.

»Schön«, sagte er. »Der ist schön.«

»Du darfst ihn ein bisschen behalten«, meinte Max großzügig.

Marisa maß Fieber. Neununddreißig Grad! Es half gar nichts, Max musste dringend die Antibiotika nehmen. Er sträubte sich heftig, aber es gab kein Pardon.

»Nein, nein, du nimmst das jetzt.« Marisa kriegte es mit der Angst zu tun. Was, wenn es nicht besser wurde, wenn sie den Arzt rufen, wenn Max ins Krankenhaus musste?

Schön und gut, dass es dem Alten hier gefiel, aber wer fragte danach, dass sie, Marisa, für alles da sein, alles regeln sollte, wo sie doch am wenigsten wusste, wie alles weitergehen sollte?

Als Max endlich unter Würgen den grässlichen Sirup geschluckt hatte, beruhigte sie sich wieder.

»Ich schmücke jetzt den Baum fertig«, sagte sie.

Max achtete nicht mehr darauf. Er nickte auf dem Sofa ein. Der alte Mann sah vor sich hin und lächelte. Er schien an etwas Angenehmes zu denken, falls er etwas dachte. Er strich mit seinen Händen über den Wollstoff seiner braunen Hose, als wollte er ihn glatt streichen, und trank ab und zu einen Schluck von der Milch, die inzwischen kalt geworden war.

Minette saß unter dem Weihnachtsbaum, als gehöre sie zur Dekoration. Ja, auch sie hatte beschlossen, dass sie hier wohnen und zu Hause sein wollte. Ganz egal, was die anderen davon hielten. Und auch sie, dachte Marisa mit einem zärtlichen Blick auf den nicht ganz einfachen Mitbewohner, war ein Geschenk. Nicht nur für Max, den sie über vieles hinwegtröstete, auch für sie. Eine störrische, treue Seele. Wenn Menschen eine Seele haben, hatten Katzen auch eine, wenigstens Minette.

Während Marisa über Minette nachdachte, die sich ebenso zielstrebig wie der alte Mann bei ihnen niedergelassen hatte, erinnerte sich Marisa daran, dass sie sich zumindest bei der Katze die Frage gestellt hatte, ob nicht jemand sie vermissen könnte.

Sie musste herausfinden, wer der Mann war. Sicher machte man sich Sorgen um ihn!

»Ich finde es schön, dass du bei uns bist«, sagte Max, der wieder aufgewacht war, zu dem Mann, der ruhig und zufrieden in seinem Sessel saß. Der Sirup begann zu wirken; Max war schon wieder lebhafter.

»Eigentlich habe ich mir gewünscht, dass der große Max Weihnachten mit uns feiert. Der ist auch alt, aber der mag kein Weihnachten. Brimborium nennt er das. Der wollte nicht kommen. Und jetzt ist er gestorben.«

»Es ist schön hier«, sagte der Alte darauf und nickte. »Es gefällt mir hier.«

»Dem großen Max hat es auch gefallen hier, nur nicht zu Weihnachten. Der große Max war mein Freund. Jetzt kommt er nie wieder.«

Der Fremde sah Max betroffen an.

»Bist du traurig?«, fragte er.

»Ja«, sagte Max. »Ja. Sehr. Ich hätte auch gern, dass mein Papa hier wäre.«

»Hast du keinen Papa?« Der alte Mann schien erstaunt.

»Klar hab ich einen Papa. Der wohnt aber nicht mehr bei uns. Mama sagt, er kommt nicht mehr zurück.«

Der Alte sagte nichts. Er schien nachzudenken, kam aber offensichtlich zu keinem Ergebnis.

»Ich will erst in die Schule, wenn der Papa wieder bei uns ist. Die Frau vom Schulamt hat gesagt, okay, ich kann noch ein Jahr im Kindergarten bleiben. Aber jetzt hat Papa mir gesagt, letztes Wochenende hat er mir gesagt, er kommt nicht mehr. Er will sich scheiden lassen. Und dass er mich lieb hat, hat er gesagt. Dass wir zusammen in die Ferien fahren und er mich am Wochenende holt.«

Max sah den Fremden prüfend an, ob der etwas dazu zu bemerken hatte.

»Ich habe keine Kinder«, sagte der Mann. »Aber du hast einen Papa.«

»Na ja«, sagte Max. »Manchmal.«

»Das ist schön«, sagte der Mann. »Das ist schön, dass du einen Papa hast.«

»Natürlich ist das schön«, sagte Max mit Überzeugung.

»Und das ist Minette«, sagte Max dann und zeigte auf die Katze, die zu ihm auf die Decke gesprungen war. »Willst du sie mal streicheln?«

Der alte Mann lächelte, streckte die Hand aus und streichelte Minette vorsichtig über das glatte, warme Fell. Es schien ihm zu gefallen, denn er streichelte sie immer weiter, bis Minette mit einem Satz vom Sofa sprang. Der alte Mann erschrak.

»Das macht nichts«, sagte Max beschwichtigend. »Das macht sie immer, wenn sie genug hat. Sie meint es nicht böse. Wahrscheinlich will sie jetzt raus. Mama, lässt du Minette mal raus?« Max wendete sich wieder dem Alten zu: »Warte, ich steh schnell auf und zeige dir meine Spielsachen. In meinem Zimmer. Willst du mal den Zirkus sehen?«

Der Mann nickte. Max stieg in die Hausschuhe und nahm den Fremden an die Hand.

»Ich mach die Zimmertür mal zu, da können wir besser spielen.«

Auf der Polizeiwache war nicht viel los. Der junge und der ältere Polizist spielten Karten. Der ältere hatte von seiner Frau Weihnachtsplätzchen mitbekommen. Sie hatten sogar ein Adventsgesteck mit Kerze. Um es etwas gemütlicher zu machen, hatten sie die Kerze angezündet. Kein Ersatz für zu Hause, aber dafür hatten sie Silvester frei.

»Mir macht es nicht so viel«, sagte der Jüngere. »Heiligabend sind wir immer bei meinen Schwiegereltern. Jetzt ist meine Frau eben ohne mich hingegangen. Sie ist nicht allein, und ich muss keine Weihnachtslieder singen.«

Das Telefon läutete. Der Ältere nahm gemächlich ab.

»Hier ist Ambacher«, sagte Marisa. »Es ist nichts Dramatisches, aber ich habe eine Frage, ich weiß wirklich nicht, was ich machen soll.« Sie redete leise, weil sie dachte, Max und der Fremde könnten sie hören. Sie hatte noch nicht mitbekommen, dass die beiden im Kinderzimmer verschwunden waren und die Tür geschlossen hatten.

»Hier hat ein alter Mann geklingelt, ganz durchnässt vom Regen. Er muss lange herumgelaufen sein. Er weiß nicht, wie er heißt, wo er wohnt – das heißt, er behauptet, meine Wohnung sei seine Wohnung. Und er sagt, er hat keine Frau und keine Kinder. Er ist krank, er hat sicher Alzheimer oder so was Ähnliches, und ich kann nicht herausfinden, wo er hingehört.«

»Hm. Regen Sie sich nicht auf. Das kommt vor. Wir kriegen öfter mal solche Anrufe. Manche Alzheimerkranke laufen weg und finden dann nicht mehr nach Hause oder in das Heim zurück. Wenn er noch zu Hause wohnt, ist es schwierig, aber wenn er in einem Heim wohnt, ist die Adresse wahrscheinlich in seine Kleider eingenäht. Vielleicht können Sie mal unauffällig in seiner Jacke oder in seinem Hemdkragen nachsehen? Vielleicht steht dort was. Sonst rufen Sie wieder an, dann sehen wir weiter, dann können wir mal die Pflegeheime in der Umgebung anrufen.«

»Danke«, sagte Marisa erleichtert, »danke. Ich sehe mal nach.«

Hoffentlich musste sie nicht in seinen Kragen fassen, um im Hemd nachzusehen, das war doch unwürdig für ihn, dachte sie und war erleichtert, als sie sah, dass er sein Jackett über die Sofalehne gelegt hatte, als er mit Max im Kinderzimmer verschwunden war.

Wenigstens einmal war ihr das Glück heute hold: Im

Jackett war ein Stoffschildchen eingenäht. »Heinrich Stieglitz«, stand da, »Mathildenheim« und die Adresse. Marisa fiel ein Stein vom Herzen.

Das Alters- und Pflegeheim lag in einem ganz anderen Stadtbezirk. Heinrich Stieglitz war weit gelaufen.

Sie suchte die Telefonnummer heraus und rief an. Auch im Heim waren sie erleichtert, dort hatte man schon seit Stunden nach dem Patienten gesucht.

»Können Sie Herrn Stieglitz noch ein bisschen bei sich behalten?«, fragte die Frau am anderen Ende der Leitung.

»Wir rufen seine Familie an und bitten darum, ihn so bald wie möglich bei Ihnen abzuholen. Bei uns kann im Moment niemand weg. Notfalls müssen Sie Herrn Stieglitz in ein Taxi setzen, aber ich denke, wir können die Familie erreichen.«

Der Fremde hatte also doch eine Familie. Marisa war zufrieden, dass sie das Problem mit dem alten Herrn gelöst hatte. Immerhin hatte Max nun ein bisschen Gesellschaft und vergaß darüber seine Halsschmerzen, und sie konnte in Ruhe kochen. Und der alte Mann konnte ja ruhig mit ihnen essen. Wenn sie es recht bedachte, dann freute sie der Gedanke sogar, dass heute, am Heiligen Abend, ein fremder Gast an ihrem Tisch sitzen würde, ein Mensch, dem sie Herberge gegeben hatten – auch wenn es nicht gerade Maria mit dem kleinen Jesulein war, die vor der Tür gestanden und um Unterkunft gebeten hatte.

Vorsichtig öffnete sie die Kinderzimmertür. Max und

der Mann, der Stieglitz hieß, spielten mit dem Zirkus. Der alte Mann saß auf einem Schemel, Max auf dem Boden. Er reichte dem Gast die verschiedenen Tiere und erklärte, wie sie hießen und welche Kunststücke sie vollführen konnten.

Marisa schloss die Tür wieder und ging in die Küche. Max hatte sich Kartoffelsalat und Würstchen gewünscht. Ein bescheidener Wunsch, der Marisa nicht allzu viel Arbeit machte und Tradition hatte.

Der Baum stand festlich geschmückt im Wohnzimmer, draußen wurde es dunkel. Der Regen hatte aufgehört, und Marisa öffnete weit die Fenster. Von draußen klang Musik herein. Jemand von den Nachbarn hatte sie wohl aufgelegt. »Oh du fröhliche, oh du selige, Frieden bringende Weihnachtszeit …«, wehte es zu ihr herüber, und Marisa summte mit. Aufregend, wie der Tag bisher gewesen war, hatte sie noch keinen Blick in den Spiegel geworfen. Das tat sie nun.

Summend näherte Marisa ihr Gesicht dem Spiegel – sie war etwas kurzsichtig – und legte den grüngoldenen Lidschatten auf, den sie neu gekauft hatte. Sie hatte sich eben die Nase gepudert und hielt den Lippenstift noch in der Hand, als es klingelte.

Sollte das schon die Familie des alten Stieglitz sein? Schade.

Eigentlich hatte Marisa sich jetzt ganz und gar auf den Gast eingestellt, der mit ihnen zu Abend essen und gemeinsam mit ihnen den lichterglänzenden Baum bewundern sollte.

Sie ging zur Tür, drückte auf den Türöffner, wartete einen Moment und öffnete die Wohnungstür.

Ein dunkelhaariger, hochgewachsener Mann stand in der Tür und lächelte verlegen. Marisa starrte ihn an wie eine Erscheinung. So einen gut aussehenden Mann hatte sie lange nicht gesehen. Es entstand eine peinliche Pause. O Gott, ich habe Hausschuhe an, war das Erste, was Marisa dachte, und ich hab den Lippenstift noch in der Hand.

»Guten Abend«, sagte der Mann jetzt. »Stieglitz ist mein Name. Peter Stieglitz.«

Marisa fasste sich und bat den Fremden, doch hereinzukommen. Als er die Wohnung betrat, schien er nicht weniger irritiert als Marisa.

»Entschuldigen Sie die Umstände«, sagte er schließlich. »Es tut mir Leid, dass Sie solchen Ärger mit meinem Vater hatten, und das ausgerechnet heute ...«

»Schon gut, das macht nichts«, sagte Marisa, die den Lippenstift diskret im Bad abgelegt hatte. »Geben Sie mir Ihren Mantel. Ihr Vater ist bei meinem Sohn im Kinderzimmer.«

Aber der neue Besucher schien gar nicht richtig verstanden zu haben. Er blieb im Flur stehen, schaute sie unsicher an und sagte mit einem entschuldigenden Lächeln:

»Ich bin ... etwas verwirrt. Nicht dass Sie denken, ich hätte auch noch Alzheimer ... Aber ich glaube, das ist unsere alte Wohnung. Wo wir wohnten, bevor ich in die Schule kam. Ich erinnere mich nicht ganz genau, aber die

Adresse, der kleine Weg zum Haus, das große Giebeldach, der Flur hier …«

Sie standen sich gegenüber. Marisa, sehr viel kleiner als dieser zweite Mann, den der Heilige Abend ihr beschert hatte, schluckte. Peter Stieglitz. So hieß er. Ihr Hirn war wie leer gefegt. Er hatte graue, von dichten Wimpern verschattete Augen, eine ausgeprägte Nase und einen Mund, von dem sie den Blick lieber gleich wieder abwandte. Sie kam sich lächerlich vor in ihrem kleinen Schwarzen, das sie dem großen Max zu Ehren angezogen hatte, und den spanischen Espadrilles, die sie zu Hause immer trug. Aber sein Lächeln meinte in diesem Augenblick gar nicht sie. Er stand da und fühlte sich plötzlich in seine Kindheit zurückversetzt, in eine lang vergangene Zeit.

»Mein Gott«, sagte er kopfschüttelnd. »Wenn das wirklich unsere alte Wohnung wäre …«

»Ihr Vater jedenfalls behauptet, hier zu wohnen«, entgegnete Marisa. Sie hing ihren eigenen Gedanken nach.

Peter, dachte sie, er heißt Peter. Wie ihr allererster Freund aus Kindertagen. Da war sie sechs Jahre alt gewesen, und Peter Malte war acht. Peter, mit dem sie immer gespielt hatte und der sie auf der Straße stehen ließ, wenn sein Vater von der Arbeit kam.

»Entschuldigen Sie«, sagte sie, als sie seinen fragenden Blick bemerkte. »Ich bin eine schlechte Gastgeberin. Kommen Sie … Möchten Sie was trinken? Einen Aperitif? Wasser? Einen Orangensaft? Die beiden sind ja gerade noch beschäftigt. Setzen wir uns doch erst mal …«

Er folgte ihr in die Küche, sah sich dabei um, nachdenklich, nicht weniger überrumpelt von diesem Tag als sie. Dann saßen sie sich am großen Küchentisch gegenüber, auf dem die Pellkartoffeln in ihrem Topf abkühlten. Der neue Besucher hob sein Glas. »Also – erst mal vielen Dank für alles.« Er schaute sie an, und Marisa merkte, wie ihr Herz zu klopfen anfing. Verlegen hob sie ihr Glas. »Schon gut.« Mehr fiel ihr nicht ein. Sie nahm einen Schluck und fragte dann: »Was ist mit Ihrem Vater?«

»Alzheimer«, entgegnete er und zog die Brauen zusammen. »Das haben Sie sich ja wahrscheinlich schon gedacht. Er hat das schon länger. Aber richtig schlimm wurde es, nachdem meine Mutter gestorben war. Er ist jetzt seit zwei Jahren im Mathildenheim, und inzwischen weiß er nicht einmal mehr seinen Namen. Er scheint mich zu erkennen, wenn er mich sieht, aber sicher bin ich mir nicht, und spätestens wenn ich aus der Tür bin, vergisst er, dass er einen Sohn hat.«

»Das tut mir Leid.« Marisa wusste nicht, was sie sagen sollte. »Na, Gott sei Dank ist ihm wenigstens nichts passiert.«

Als sie jetzt zu ihrem Gast hinüberschaute, schoss ihr plötzlich der Gedanke durch den Kopf, dass dieser gut aussehende Mann in ihrer Küche sicherlich irgendwo erwartet wurde. »Tja«, sagte sie mit leisem Bedauern in der Stimme, »dann will ich Ihren Vater mal holen. Sicherlich müssen Sie los – es ist ja Weihnachten. Nicht, dass die Gans noch kalt wird.«

Er lachte. Aber nicht so richtig.

»Nein. Keine Sorge. Mich erwartet niemand. Und ehrlich gesagt, ich habe eigentlich gar nicht vorgehabt, mit meinem Vater Weihnachten zu feiern. Wir hatten nie ein enges Verhältnis zueinander.«

Seine grauen Augen wurden dunkel, als ob ein Sturm darin aufzöge.

Marisa sah ihn überrascht an. »Also … wenn Sie nirgendwohin müssen oder wollen, können Sie gern hier bei uns bleiben. Ich hatte mich sowieso darauf eingestellt, dass Ihr Vater mit uns isst. Und es gefällt ihm sicher, wenn wir die Kerzen am Baum anzünden.« Sie schmunzelte und sah ihn offen an. »Wissen Sie – es wäre irgendwie fast ein bisschen komisch, wenn mein kleiner Sohn und ich jetzt gleich allein unter dem Baum säßen …«

»Kommt Ihr Mann denn nicht nach Hause?«, fragte der Mann, der Marisa so gut gefiel wie noch keiner in ihrem ganzen Leben.

»Nein, der kommt nicht«, sagte sie knapp, und so, wie sie es sagte, war ziemlich klar, dass er nie mehr kommen würde.

»Ja dann, dann bleibe ich gern. Danke!« Er grinste jungenhaft. »Das hätte ich auch nicht gedacht, dass ich hier noch mal Weihnachten feiern würde.«

Er war nicht viel älter als sie, schätzte Marisa, vielleicht drei, vier Jahre. Wieso war er nicht verheiratet? In ihrem Alter waren doch alle verheiratet oder fest gebunden, hatten oder bekamen Kinder? Es war doch ganz unmöglich, dass dieser sympathische, gut aussehende Mann keine Frau hatte. Vielleicht ist er ja geschieden. So wie sie es selbst bald sein würde.

»Ich sollte mal nach meinem Vater sehen«, sagte Peter Stieglitz.

»Ja, gehen wir mal ins Kinderzimmer.« Marisa stand auf. Aus dem Kinderzimmer ertönte übermütiges Lachen.

Max und der alte Mann sahen ein Bilderbuch an. Marisa runzelte die Stirn, als ihr Blick auf Max fiel.

»Max! Einfach so im Pyjama! Das ist doch viel zu kalt. Hab ich dir nicht tausendmal gesagt, du sollst dich warm halten? Also, zieh sofort den warmen Pulli wieder über. Den hier. Aber subito, mach schon!«, sagte sie lauter, als sie es eigentlich gewollt hatte.

Max schnappte sich seinen Pullover und wischte beleidigt aus dem Zimmer. Der alte Mann verzog das Gesicht. Schimpfen hatte er nicht gern. Dann sah er, dass ein Mann hinter Marisa stand. Vorher war kein Mann da gewesen. Verunsichert sah er den Fremden an.

Ihm war, als kenne er ihn und wisse doch nicht, wo er ihn hintun sollte, so wie man manchmal in der Stadt jemanden trifft und im Augenblick nicht weiß, wie er heißt und wo man ihn einordnen soll – ein alter Kollege, eine ehemalige Klassenkameradin …

Marisa trat einen Schritt zurück, als Peter Stieglitz jetzt auf seinen Vater zuging.

»Vater, ich bin's. Peter. Dein Sohn.«

Der Alte sah ihn zweifelnd an.

»Wirklich?«, fragte er ungläubig.

»Ja. Wirklich.« Der Jüngere nahm die Hand des Vaters, aber er umarmte ihn nicht.

Schade, dachte Marisa. Der alte Mann möchte sicher gern in den Arm genommen werden. Berührt werden. Die Wärme eines anderen Menschen spüren. Nun nimm ihn doch schon in den Arm, dachte sie und stolperte darüber, dass sie den Fremden in Gedanken schon mit Du ansprach. Sie räusperte sich.

»Vielleicht sollten wir jetzt ins Wohnzimmer gehen«, sagte sie. »Sonst wird es zu spät für Max. Wir machen die Bescherung immer vor dem Essen, sonst hat Max ja nichts von den Würstchen und dem Kartoffelsalat, weil er nur an die Geschenke denkt. Ich hole jetzt eben noch das neue Fahrrad aus dem Keller, das Max sich gewünscht hat.«

Sie sah kurz ins Wohnzimmer, kam dann zurück und sagte:

»Ich weiß gar nicht, wo Max gerade steckt. Im Wohnzimmer ist er nicht – wenn er kommt, sagen Sie ihm, er soll bitte im Kinderzimmer bleiben, ja? Und schließen Sie so lange die Tür. Ich möchte die Geschenke erst alle ins Wohnzimmer bringen … Ich bin gleich wieder da.« Mit diesen Worten ließ sie Vater und Sohn allein.

Aber als sie mit dem Fahrrad, das mit einer riesigen roten Schleife geschmückt war, die Treppe hochkam und es in die Wohnung bringen wollte, sah sie, dass die Tür zum Kinderzimmer immer noch offen stand. Sie ließ das Rad im Hausflur stehen und schaute ins Wohnzimmer.

»Der Kleine ist nicht da«, sagte Peter Stieglitz. Vielleicht wollte er noch mehr sagen, aber Marisa hatte schon auf dem Absatz kehrtgemacht.

Wo war Max?

Er war nicht in Marisas Zimmer, er war nicht in der Küche und auch nicht im Bad. Seine Mütze und sein Schal hingen am Haken, aber die Stiefel standen nicht an ihrem Platz. Auch der dicke Anorak fehlte. Hastig zog Marisa Schuhe an, warf den Wintermantel über und lief hinaus vor das Haus. Es regnete nicht mehr, aber der Himmel war schwarz und finster. Kein Mond schien, und keine Sterne waren zu sehen. Marisa stand vor dem Rosenbusch und versuchte, ihre Gedanken in den Griff zu bekommen. Wo war Max? Warum war er fortgelaufen? Sie hatte ihn nicht anfahren wollen, er war krank, und es war Weihnachten. Aber er wusste auch, dass er sich warm halten musste. Sie hatte doch nichts Schlimmes zu ihm gesagt. Sie war doch noch nicht einmal richtig böse auf ihn gewesen! Sie lief zur Straße. Kein Mensch war zu sehen. »Max«, rief sie. Und noch einmal, lauter, und wieder und wieder: »Max!« Die Straßenlaternen warfen ein fahles, blassgelbes Licht auf den dunklen Asphalt. In den Nachbarhäusern waren die Fenster erleuchtet, hinter manchen sah man Kerzen brennen. Bescherungszeit. Zeit für »O Tannenbaum, o Tannenbaum«. Das Ganze hatte etwas Unwirkliches.

Wo konnte Max hingerannt sein? Michael wohnte ziemlich weit weg; falls Max zu ihm wollte, musste er zuerst zur

S-Bahn-Station. Nur, Michael würde kaum zu Hause sein. Er war sicher bei seiner Freundin. Ob Max auch so weit denken würde? Michaels Eltern wohnten im Nachbarort, aber es war unwahrscheinlich, dass Max dorthin wollte, obwohl er die Großeltern sehr gern hatte. Es wäre der weiteste Weg, den er hätte wählen können. Wem vertraute er? Wen mochte er? Kaspar? Ja, vielleicht war er zu Kaspar und Maja gelaufen, die wohnten nicht weit von hier, und er war mit den Kindern der beiden sehr befreundet. Max konnte noch nicht länger als zehn Minuten unterwegs sein, viel zu früh, um jemanden zu alarmieren. Aber er hatte Fieber, eine Krankheit, mit der nicht zu spaßen war, er gehörte ins Bett, er konnte sich draußen den Tod holen. Und wer weiß, was alles in seinem kleinen Kopf vor sich ging. Sie hatte gemütlich bei ihm sitzen wollen heute Nachmittag. Sie wollte ihm sagen, wie lieb sie ihn hatte, wie unendlich lieb, und dass sie schon morgen zusammen mit dem Papa bei Oma und Opa sein und Weihnachten feiern würden, alle zusammen. Sie wollte ihm sagen, dass auch sein Papa ihn sehr lieb hatte, dass sie beide auf ihre Art für ihn da waren, wenn sie auch nicht zusammenlebten. Aber dass er sie beide untrennbar verband, trotzdem, und dass sie alles daransetzen würden, damit er glücklich aufwachsen konnte. Sie schluchzte auf. Das alles hatte sie ihm nicht gesagt, weil dieser alte Mann aufgekreuzt war und sich mitten in ihre Wohnung gepflanzt hatte. Und jetzt saßen sie da beide, ein fremder Vater und ein fremder Sohn, zwei völlig unbekannte Menschen, die ihr Leben noch mehr durcheinander gebracht hatten, als es eh schon war. Die sie daran gehindert hatten, Arm in Arm mit Max auf dem Sofa zu sitzen und einander ganz nahe zu sein, heute, am Heiligen Abend, wo sie einander so brauchten. Denn auch Marisa brauchte Max. Nicht weniger, als Max sie brauchte.

Noch immer bewegte sich nichts auf der Straße. Marisa stand in der Dunkelheit und weinte. Sie hatte Max erzählen wollen, wie sehr sie als Kind ihren Papa vermisst hatte, wie sehr sie sich gewünscht hatte, dass das Christkind ihn zu ihr zurückbringen würde. Dass sie alles darum gegeben hätte, ihr schönstes Geschenk. Aber ihr Papa war nicht zurückgekommen. Es war ganz anders, viel schlimmer gekommen, als sie es sich je hätte ausmalen können. Sie hatte ein Brüderchen bekommen, kurz vor Weihnachten, als sie so alt war wie jetzt Max. Aber ihre Mama war mit dem Bruder weggezogen, sie waren jetzt eine neue Familie mit einem neuen Vater, und Marisa war zurückgeblieben. Sie hatte Max sagen wollen, dass sie ihn gut verstand. Dass sie sein Unglück verstand, seine Sehnsucht, weil sie selbst wusste, wie das war.

Sie hatte ihm sagen wollen, dass sie das alles wusste – auch wenn er nicht darüber sprach. Und dass sie wusste, wie schwer das war – etwas zu sagen, aber auch nichts zu sagen. Sie wollte ihm sagen, dass er keine Angst zu haben brauchte, ihr ein schweres Herz zu machen, dass sie das sehr gut aushielt und dass er sich auch keine Sorgen zu machen brauchte, dass seine Sehnsucht nach seinem Vater sie kränken könnte. Dass er niemanden verriet, nicht Michael und nicht sie, wenn ihm beim einen der andere fehlte und die Welt also nie vollkommen war.

Ja, das alles wollte sie ihm sagen. Und jetzt war er verschwunden.

Sie ging zum Haus zurück, um bei Kaspar anzurufen, bei Michael, seiner Freundin und den Großeltern und bei der Polizei.

Dann kam ihr noch ein Gedanke. Damals, als die kleine Marisa am Heiligen Abend fortgelaufen war, trauriger und verzweifelter als je in ihrem Leben, hatte es etwas gegeben, was sie zurückgeholt hatte. Eine Rose, die im Winter blühte, war es gewesen. Ohne zu wissen, warum, war Marisa von der Bank, auf die sie sich hingelegt hatte, um zu schlafen, wieder aufgestanden und zurückgegangen zu den Menschen, die noch da waren.

Es sind immer Menschen da, dachte sie plötzlich. Auch wenn es nicht immer die sind, nach denen man sich am meisten sehnt.

Die beiden Fremden in ihrer Wohnung waren noch da. Sie wollten nicht gehen, ohne sich zu verabschieden, und sie wollten nicht gehen, ohne zu wissen, wo der kleine Junge war. Zumindest der jüngere der beiden Männer dachte so.

Der alte Mann war verwirrt. Er sagte nicht mehr: »Das ist meine Wohnung«, er saß in sich gekehrt da und schien mit seinem Sohn nichts anfangen zu können.

»Ich suche den kleinen Max«, sagte Marisa zu dem alten Mann, »den kleinen Max, mit dem Sie gerade gespielt haben.«

Der alte Mann nickte.

»Ich suche ihn«, wiederholte Marisa, »draußen. Er ist nach draußen gegangen.«

Der alte Mann nickte, als hätte er sie verstanden.

Zu seinem Sohn sagte sie hastig:

»Sie können bleiben oder gehen. Ich rufe jetzt ein paar Leute an, zu denen Max gegangen sein könnte. Und ich rufe die Polizei an. Aber die werden nichts machen, er ist ja noch nicht lange fort. Aber er ist krank, er darf nicht draußen in der Kälte sein …« Sie brach ab.

Peter Stieglitz nahm sie in die Arme. Er war einen Kopf größer als sie, und Marisa hatte das Gefühl, als versinke die hässliche, schwierige, traurige Welt um sie herum, als würde diese Welt verschluckt von einer anderen Welt, in der es ruhig und warm und sicher war. Sie spürte ihren eigenen Atem, der sich an dem Hemd, der Brust des Mannes brach, und für eine Sekunde blieb die Erde stehen, und es gab nichts anderes mehr.

»Ich bin sicher, Ihr kleiner Sohn kommt gleich zurück. Ich bin sicher, er will nicht wirklich weglaufen. Er ist doch glücklich hier. Er ist zu Hause hier. Er möchte Weihnachten feiern und sein Fahrrad bekommen wie andere Kinder auch. Sie rufen jetzt an, und ich warte hier. Wir können auch mit dem Auto die einzelnen Strecken abfahren. Dafür brauchen wir zuerst einmal keine Polizei.«

Max saß in dem Gartenhäuschen am Ende der Wiese, wo der Gärtner seine Werkzeuge unterstellte. Er fror und war gar nicht mehr so böse auf Marisa, die ihn ausgeschimpft hatte, obwohl er doch nur mit dem alten Mann gespielt hatte. Was sie immer hatte! Die Wohnung war doch geheizt, und der Pyjama war nun wirklich warm genug. Na ja, sie hatte einfach Angst um ihn. Eigentlich hatte er nur Minette suchen wollen. Weil sie ihn tröstete, wenn Marisa mit ihm böse war, und weil sie doch dabei sein sollte, wenn die Kerzen am Weihnachtsbaum brannten und es die Geschenke gab. Minette bekam doch auch ein Geschenk von ihm, die Maus, die fellbezogene Maus. Ohne Minette wollte er nicht Weihnachten feiern. Sein Papa war nicht da, der große Max war nicht da, aber Minette, die musste unbedingt mitfeiern. Sie würde auch von den Würstchen bekommen, die es gab, egal ob es gesund für sie war oder nicht.

Aber er hatte Minette nicht gefunden. Sie versteckte sich gern in diesem Gartenhäuschen, also war er hierher gekommen. Aber sie war nicht da, und jetzt saß er hier und wusste nicht, wo er noch suchen sollte. Hunger hatte er auch. Und er war so gespannt, ob das Christkind das Fahrrad brachte, das rote, das er extra aufgemalt hatte auf dem Wunschzettel.

In diesem Moment öffnete sich die Tür zum Gartenhaus. Der alte Mann sah herein und strahlte, als er Max entdeckte.

»Hallo«, sagte er, »ich möchte nach Hause! Komm, wir gehen nach Hause.«

»Ich suche Minette. Ich suche unsere Katze«, sagte Max. »Ich will nicht ohne sie Weihnachten feiern. Sie ist meine liebe Katze.«

Der alte Mann lachte. Er wusste etwas ganz Wichtiges, und er konnte es sagen:

»Die Katze ist hier.«

»Wirklich? Bist du sicher?«

»Ja«, sagte der Alte.

Er streckte die Hand aus, und Max ergriff sie.

Draußen vor dem Gartenhaus saß Minette.

»Minette!«, rief Max, »Minette!«

Er nahm die Katze auf den Arm und drückte sie an sich.

»Warum bist du weggelaufen, Minette? Es ist doch Weihnachten, und du kriegst ein Geschenk. Wir feiern doch, und es wird ganz schön! Du bist doch eine dumme Katze, läufst einfach weg und lässt dich nicht wiederfinden! Aber jetzt bist du ja da.«

Max und der Alte gingen Hand in Hand den Gartenweg entlang. Die Kieselsteine knirschten unter ihren Schuhen. Minette folgte auf leisen Sohlen, mit erhobenem Schwanz.

Dann standen sie vor der Haustür, der Alte, Max und Minette. Max klingelte. Der Sohn des Alten öffnete die Tür.

»Ich wohne hier«, sagte der alte Mann strahlend zu seinem Sohn, den er nicht erkannte.

Gott sei Dank hatte Marisa noch nicht allzu viele Leute aufgescheucht. Als sie die Klingel und Max' Stimme hörte, beendete sie hastig das Gespräch mit ihrer Schwiegermutter.

»Es ist gut, Oma, Max ist wieder da. Ich höre seine Stimme. Wir sehen uns morgen, ja? Bis dann … entschuldige die Störung und habt noch einen schönen Abend …«

Hand in Hand standen sie im Flur, Max und sein neuer Freund. Marisa lachte und weinte gleichzeitig und musste sich auf die Zunge beißen, um in ihrer Erregung nicht gleich wieder loszuschimpfen. Am liebsten hätte sie Max eine Ohrfeige verpasst. Stattdessen nahm sie ihn in die Arme und sagte:

»Dass du wieder da bist! Gott sei Dank bist du wieder da! Du lieber Himmel, bin ich froh! Und jetzt zieh dich sofort um! Wir duschen dich heiß und packen dich ganz warm ein.«

Sie griff schon strafend nach dem Fieberthermometer, beschloss aber, dass sie damit nun wirklich noch ein paar Minuten warten konnte, denn da stand Max ja vor ihr, leibhaftig, und wenn auch nicht gesund, so doch wohlbehalten. Und das war nun wirklich die Hauptsache.

»Wo kommst du überhaupt her?« Endlich fiel ihr die wichtigste Frage ein. »Warum bist du fortgelaufen?«

»Ich bin nicht fortgelaufen. Ich war sauer, dass du geschimpft hast, und wollte Minette suchen. Sie muss doch dabei sein, wenn wir Weihnachten feiern. Sie kriegt doch auch ein Geschenk und überhaupt, sie gehört doch zu uns. Ohne sie sind wir keine Familie.«

»Und jetzt sind wir eine?«

Max nickte.

Oh, dachte Marisa, oh, wie wunderbar!

»Ich war im Gartenhäuschen, ich wollte gucken, ob Minette sich dort versteckt. Sie war nicht da, und da wusste ich nicht, was ich machen soll. Und da ist er gekommen« – Max zeigte auf den alten Mann – »und hat gesagt, ›Komm, wir gehen nach Hause‹.

Ja, es gab eine Bescherung. Max bekam sein rotes Fahrrad, Minette die Maus und Marisa ein Bild von der Arktis.

Der alte Mann und sein Sohn bekamen nichts, aber dafür verbrachten sie seit langem zum ersten Mal wieder einen Abend zusammen.

Ja, und es gab Würstchen und Kartoffelsalat. Die Portionen waren halbe Portionen, weil sie doppelt so viele Esser waren wie vorgesehen, aber es gab ja noch genug Süßigkeiten.

Max nahm, ohne zu murren, seinen Antibiotika-Sirup ein und war einverstanden, gleich im neuen Jahr einen Termin abzumachen, wann die Mandeln heraussollten. Ausschlaggebend war für ihn die Zusicherung, dass seine Mama bei ihm im Krankenhaus bleiben und bei ihm im Zimmer übernachten durfte – Peter Stieglitz versicherte es ihm, und der musste es wissen, weil er nämlich, wie sich herausstellte, Arzt war.

Max bekam nicht nur das Fahrrad, sondern auch ein schönes neues Bilderbuch, das er zusammen mit dem alten Mann ansah.

Beide gähnten, und dem kleinen Max fielen allmählich die Augen zu.

Minette gähnte auch und begann ihr Fell zu putzen. Zur großen Enttäuschung von Max war ihr die Maus völlig gleichgültig. Sie schubste sie einmal kurz mit der Pfote durch den Raum und ließ sie dann unbeachtet liegen.

Marisa wurde still. Der Mann, der Peter hieß, auch.

Gleich gehen sie, dachte Marisa, und ich sehe ihn nie mehr wieder. Hätte sie gewusst, dass ihrem Gegenüber ganz ähnliche Gedanken durch den Kopf gingen, wäre ihr leichter ums Herz gewesen.

Los, sag was, befahl sie sich selbst. Sag was, ehe er geht!

Sie merkte, wie sie an der Unterlippe kaute. Da sagte der Mann mit den grauen, wimpernbeschatteten Augen und dem scheuen Lächeln:

»Was für ein merkwürdiger Abend. Eigentlich wollte ich morgen bei meinem Vater nur einen Anstandsbesuch machen. Und jetzt sitze ich mit ihm in der Wohnung, in der ich lebte, als ich ein kleiner Junge war. Ich weiß jetzt ganz genau, dass es unsere Wohnung war. Das Gartenhaus ist der Beweis. Mein Vater hat es gefunden, obwohl er nichts behalten kann. Er ist einfach dorthin gegangen, weil die Erinnerung an das Gartenhäuschen noch in seinen Beinen war und irgendwo in seinem Hirn, wo kein bewusster Gedanke mehr hinkommt. Wir Kinder von den umliegenden

Häusern hier hatten dort unser Versteck, es war unser geheimer Ort. Der Ort, wo wir uns trafen, versteckten, spielten.«

Marisa nickte stumm.

»Ich war ein Einzelkind«, fuhr Peter Stieglitz fort, und seine Augen verdunkelten sich, wie Marisa es schon einmal bemerkt hatte.

»Mein Vater liebte meine Mutter abgöttisch. Sie führten die beste Ehe, die ich je gesehen habe. Und auch er war die große Liebe meiner Mutter. Eigentlich passte kein Kind in diese Beziehung hinein, ich war einer zu viel. Ich störte ihre Zweisamkeit. Sie brauchten nichts und niemand, nur einander. Ich war ein sehr einsames Kind. Ich lebte in meiner eigenen Welt, an der meine Eltern nicht teilnahmen. Sie waren gute Eltern in dem Sinn, dass sie mich selten straften und mir nichts aufzwangen, aber im Grunde interessierten sie sich nur füreinander und fragten wenig nach dem, was mich beschäftigte.

Ich lebte in meiner eigenen Welt, aber ich suchte und brauchte den Kontakt mit anderen Menschen.« Er lachte. »Vielleicht bin ich deswegen Arzt geworden. Es ist nicht so, dass ich nur die Patienten heile – immerhin versuche ich das –, die Patienten heilen auch mich. Sie zeigen mir, dass sie mich brauchen. Es ist ein schönes Gefühl, gebraucht zu werden ...« Marisa hätte am liebsten seine Hand genommen.

»Meine Frau ist auch Ärztin«, fuhr er fort. »Aber für sie ist es das Interesse an der Forschung, das sie antreibt, es ist gar nicht einmal der Wunsch, Karriere zu machen. Die wissenschaftliche Arbeit ist ihre Leidenschaft, und sie wollte nie Kinder. Vor zwei Jahren bekam sie ein sehr gutes Angebot aus Amerika. Sie nahm es an, ich wollte nicht mitgehen, und wir trennten uns auf Zeit. Inzwischen sind wir geschieden.«

Marisa wusste nicht, was sie sagen sollte.

»Wollen Sie noch mehr hören? Sie sagen gar nichts, und ich langweile Sie hier mit meinem ganzen Leben …«

Marisa schüttelte den Kopf. »Nein … bitte … erzählen Sie weiter.«

»Mein Vater war Weinhändler, ziemlich erfolgreich, und wir hatten bald ein Haus in Südfrankreich, in der Nähe von Aix-en-Provence, wo wir immer die Sommerferien verbrachten. Ich liebte das kleine Dorf, das verwinkelte alte Haus mit seinen großen Steinquadern, die Terrasse, die von Weinlaub überschattet wurde. Meine Mutter war eine begeisterte Gärtnerin. Ich habe immer den Rosengarten am meisten geliebt, den meine Mutter dort vor vielen Jahren angelegt hat. Seit ihrem Tod ist er ganz verwildert. Es müsste mal wieder jemand danach schauen. Es ist ein verwunschener Garten, er würde Ihnen bestimmt gefallen. Im Winter ist es übrigens dort genauso schön wie im Sommer, eigentlich ist es zu jeder Jahreszeit traumhaft dort!« Seine Stimme war plötzlich ganz lebhaft geworden bei der Erinnerung an das Sommerhaus.

»Seit meine Frau und ich geschieden sind, bin ich nie mehr dort gewesen; ein Nachbar aus dem Dorf sieht ein bisschen nach dem Rechten. Eigentlich schade, dass das Haus immer leer steht. Wieso bin ich so lange nicht dort gewesen?!« Er sah Marisa an, als ob sie die Frage beantworten könnte.

»Es ist alles so sonderbar heute Abend. Mein Vater läuft aus dem Pflegeheim weg, findet zurück zu der alten Wohnung, in der er früher einmal lebte, klingelt bei Ihnen, und Sie lassen ihn herein. Und ich komme, um ihn abzuholen, und stehe selbst wieder vor meiner Kindheit – und gleichzeitig vor Ihnen, und das ist, entschuldigen Sie, wenn ich das einfach so sage, einfach ein sehr schöner Anblick, auf den ich gleich ungern verzichten werde, wenn ich meinen Vater ins Auto packe und in sein Heim zurückbringe.« Marisa spürte, wie sie rot wurde. Sie blickte verlegen auf den Tisch. Plötzlich fühlte sie eine Hand auf ihrer Hand und hörte ihn sagen: »Mir kam so eine Idee ... Ich meine, Sie sind ja eine erwachsene Frau und können nein sagen, aber ich würde mich unglaublich freuen, wenn Sie mit Max einmal in unserem Haus in Frankreich Ferien machen würden ...

Ich kann nur immer wieder sagen, es steht leer, und ich möchte mich bei Ihnen bedanken, dass Sie meinen Vater so freundlich aufgenommen haben.« Peter Stieglitz lehnte sich zurück und ließ ihre Hand wieder los.

»Ehrlich gesagt, schäme ich mich ein bisschen, dass ich meinem Vater, zumindest seit er krank ist, nie so ein Weihnachten geboten habe, wo er einfach dazugehört und sich auf seine Weise wohl und geborgen fühlen kann. Dass Sie mir das zeigen mussten ...«

Er unterbrach sich und lachte. Er hatte ein Grübchen im Kinn.

»Also, mehr Bekenntnisse folgen heute nicht mehr, keine Sorge … Das war nur, weil Weihnachten ist …«

Marisa nickte glücklich. Ja, es war Weihnachten! Und aus allem, was Peter Stieglitz gesagt hatte – und worauf sie versucht hatte, sich zu konzentrieren, was ihr nicht leicht gefallen war, als er ihre Hand hielt –, ging hervor, dass er sie wiedersehen wollte.

Er hatte ihr viel über sich anvertraut, mehr – da hatte er sicher Recht – als man sich unter Fremden an einem normalen ersten Abend anvertrauen würde. Aber dies war kein normaler Abend, es war Heiligabend, und es waren Dinge geschehen, die einem wahrscheinlich nur einmal im Leben passieren. Und deshalb sagte auch Marisa, was sie sonst nie so ohne Umschweife gesagt hätte. Sie sagte:

»Ja. Das ist eine wunderbare Idee. Am liebsten würde ich gleich … also gleich, wenn Max die Angina hinter sich hat, unsere Sachen packen und mit ihm losfahren.

Ab Ende März bin ich arbeitslos. Es wäre ein Traum, bevor ich eine neue Arbeit suchen muss, ein paar Tage im Süden zu haben. Es täte uns beiden …« Sie errötete, weil sie in diesem Augenblick an Peter und sich und nicht an Max gedacht hatte, » … so gut. Deshalb sage ich einfach: Ja, danke.«

Der Mann mit dem Grübchen im Kinn lächelte fast erleichtert. Sein Gesicht bekam etwas Verschmitztes. Sie sah die Fältchen um seine Augen, die verrieten, dass er gerne lachte, wenn sich die Gelegenheit dazu ergab, und sie sah, dass er seine Haare, durch die sich ein paar frühe Silberfäden zogen, wohl deshalb kurz geschnitten hatte, weil sie sich sonst in alle Richtungen gedreht hätten.

»Die Welt ist schön«, sagte er mit einem Grinsen. »Wer hätte das gedacht?«

Max war auf dem Sofa eingeschlafen. Mit einer Hand hielt er das Fahrrad fest. Marisa legte ihn vorsichtig in sein Bett und den Teddy an seine Seite. Der alte Mann wurde unruhig. Er scharrte mit den Füßen, und es war schwer zu sagen, ob er nur müde war oder beunruhigt.

»Vater, wir gehen jetzt«, sagte Peter Stieglitz. »Ich bringe dich jetzt in das Zimmer, in dem du immer schläfst. Hier ist kein Bett für dich, und wir müssen jetzt alle ein bisschen schlafen.«

»Ich bin nicht müde«, sagte der Alte unwirsch, »ich will nicht gehen.« Trotzdem ließ er sich in die Jacke helfen.

Marisa brachte ihre Gäste nach draußen. Die Wolken hatten sich jetzt verzogen, es war eine sternklare Nacht. Ein Sichelmond schwamm in der Schwärze des Himmels. Es war kälter geworden, aber Schnee würde es dieses Jahr zu Weihnachten wohl nicht geben. Marisa zog den Wollschal fester um ihre Schultern.

»Ich rufe Sie an«, sagte der Mann, der heute in ihr Leben getreten war.

Marisa nickte.

Sie dachte an Olivenbäume, Zypressen und wilden Ginster, an weite Blicke über das Land, an Lavendelfelder, einen lavendelfarbenen Himmel und ein blaues Meer, das in der

Ferne schimmert. Und daran, dass das Leben voller Überraschungen ist. Sie lächelte und nickte noch einmal.

»Ja«, sagte sie, »ja. Das wäre wunderschön.«

Bevor sie die Haustür aufstieß, warf sie noch schnell einen Blick auf den undankbaren Rosenstrauch, den sie in den letzten Tagen mit Verachtung gestraft hatte. Dabei hatte sie übersehen, dass der Strauch eine rote Knospe trug. Marisa schaute die Weihnachtsrose ungläubig an. Fast hatte sie das Gefühl, sich entschuldigen zu müssen. Ihr Blick war ein bisschen verschwommen. Sie wischte sich verstohlen eine Träne aus dem Gesicht, obwohl niemand außer dem Mond ihr zusah. Doch, der große Max vielleicht. Vielleicht schaute er auf sie herunter. Zufrieden, dass es geklappt hatte mit seinem Plan.

Und das noch zu Weihnachten.

Für alle, die sich wieder darauf besinnen wollen, worauf es wirklich ankommt.

Donna VanLiere
DIE WEIHNACHTSSCHUHE
Eine kleine Geschichte
mit einer großen Botschaft
160 Seiten
Gebunden als Halbleinenband
ISBN 3-431-03327-X

Ein unglücklicher kleiner Junge, der die schönsten Schuhe der Welt für seine totkranke Mutter sucht, ein verdrossener Anwalt, der alles im Leben hat und eigentlich nichts – ungleiche Helden, die am Heiligen Abend unter ungewöhnlichen Umständen aufeinander treffen – eine Begegnung, die beider Leben für immer verändern wird. »Die Weihnachtsschuhe«, eine Erzählung, die auf dem gleichnamigen Weihnachtssong basiert, der monatelang auf Platz Eins in den amerikanischen Charts stand und eine riesige Nation zu Tränen rührte, ist ein bezauberndes kleines Buch, dessen große Botschaft sofort in das Herz des Lesers geht – nicht nur zur Weihnachtszeit.

Ehrenwirth

Das größte Geschenk aber ist die Weihnacht in den Herzen …

Julia Sand
MARIES CHRISTBAUMSPITZE
Roman
160 Seiten
Gebunden
ISBN 3-431-03618-X

Ein stummes kleines Mädchen, das spurlos verschwindet, ein liebevoller Vater, der Porzellan zerschlägt, und eine traurige junge Frau mit vier Kindern, das sind die Helden dieser anrührenden Weihnachtsgeschichte, die einmal mehr beweist, dass das Glück manchmal einen Umweg nimmt.

Eine Geschichte, die ebenso viel Freude zu schenken vermag wie die ersten Schneeflocken am Heiligen Abend.

Ehrenwirth

Ein wahrhaft Liebe-volles Buch

Lena Frey
WAS ICH DIR SCHON
IMMER SAGEN WOLLTE
111 besondere
Liebeserklärungen
128 Seiten,
in Halbleinen gebunden
mit Schutzumschlag
ISBN 3-431-03601-5

Wer denkt im Stress mit Kindern, Kochen und Steuererklärung noch daran, seinem Partner zu sagen, wie gut seine Küsse sich anfühlen? Wer gesteht in einem schwachen Moment, wie gut es tut, dass eine sanfte Hand stets geduldig Tränen trocknet? Wer erinnert sich daran, dass das Glück zu zweit jeden Tag ein neues Wunder ist?
Lena Frey schenkt uns 111 Streicheleinheiten für den wichtigsten Menschen im Leben, gesammelt in dem unverrückbaren Glauben an die Unsterblichkeit der Liebe.

Ehrenwirth